U0022219

讀書與生活

◆

琦君

著

三民書局

緣　起

　　經典，是經久不衰的典範之作——無畏時光漫長的淘選，始終如新，每每帶給讀者不一樣的閱讀感受。閱讀經典，可以使心靈更富足，了解過往歷史，並加深思考，從中獲取知識與能量；可以追尋自我，反覆探問，發現自己最真實的樣貌。經典之作不是孤高冷絕，它始終最為貼近人心、溫暖動人。

　　隨著時代更替，在歷經諸多塵世紛擾、心境跌宕後，是時候回歸經典，找尋原初的本心了。本局秉持好書共讀、經典再現的理念，精選了牟宗三、吳怡深度哲思探討的著作；薩孟武與傳統經典對話的深刻體悟作品；白萩創造文學新風貌的詩作，以及林海音、琦君溫暖美好的懷舊文章；逯耀東、許倬雲、林富士關注社會、追問過去的研讀。以全新風貌問世，作為品味經典之作的領航，讓讀者重新閱讀這些美好。期望透過對過往文化的檢視，從中追尋歷史的真實，觸及理想的淳善，最終圓融生活的感性完美。

　　這些作品，每一本都是值得珍藏的瑰寶——它們記錄著那個時代臺灣文化發展的軌跡，以及社會變遷的遞嬗；以文字凝結了歲月時光，留住了真淳美好。

　　「品味經典」邀請您一起 品 味 經 典。

永遠與時代對話

宇文正

　　我一直認為從琦君的書進入成長歲月是一件幸福的事，好比一個嬰孩最初的生命經驗，如果來自一個慈母的照撫，這一生，他將有更堅強的信念，面對人生的種種艱難、徬徨與無常。愛是人間最神祕的一種力量。而琦君的筆下，那所有好聽的故事，所有作品織就的境界，無非是愛。

　　從琦君的作品進入文學的世界，更是一件幸運的事。琦君自幼從家庭教師習古文，有深厚的中國古典文學基礎；中學、大學讀教會學校，接受五四以來新文學的刺激；更有良好的英語能力，遍讀西方經典。這三方厚實的基礎，融攝於她的文字，典雅卻不雕琢；流暢而不甜膩。以白話文承載中國古詩詞的音韻之美，琦君成功地融鑄了她語言的風格。

　　我撰寫《永遠的童話——琦君傳》已是十五年前的事了，但與琦君阿姨的緣分從未斷絕。例如琦君百歲時，中央大學邀我去演講，去年（二〇二〇）底，文訊舉辦「風華絕代——各世代女作家」系列講座也請我去談琦君。演講前，我常重讀一二冊琦君作品，再把自己寫的《琦君傳》翻閱一下，讓

自己再一次沉浸在琦君的作品及她的人生裡。

　　而每一次重讀琦君，都會有新的感受。譬如去年底翻閱《琦君傳・後記》，讀到這段話便頓住了。那是李唐基伯伯告訴我的：「琦君有位年輕的忘年交，他的父親也寫作，他曾對琦君說：『我爸爸看了風景就寫詩，我對他說：奇怪，我明知是你寫的，讀起來卻像古人的詩；為什麼琦君阿姨的白話文裡也常冒出古人的詩詞，我卻覺得好像就是她自己寫的？放在那裡就是那麼恰當！』」

　　我想著，琦君的文章，琦君的事蹟似乎永遠在與時代對話，這幾年來有許多關於古典文學教育的爭議，琦君是最好的一個典範。琦君曾受嚴格的古典教育，可是讀過琦君作品的人，大約無不感到親切，從沒有人覺得她的文字艱澀、掉書袋，這是古典讀得多、讀得深、讀得通透才能抵達的境界。

　　所有的古典詞彙，在琦君筆下都鮮活如白話，她的散文靈活穿梭古典與現代，讀者卻渾然不覺。有趣的是，林海音評論琦君，也喜歡揀古書上的話來形容，說琦君的寫作風格是：「一生兒愛好是天然，卻三春好處無人見。」（《牡丹亭》）

　　一生兒愛好是天然，那是琦君作品的境界，也是她的人生境界。那三春好處，在時代的淘洗、淬鍊下，你見，我見。我很開心看到三民書局將重新出版《琦君小品》、《讀書與生活》二書，這兩本書收錄的作品，有散文，有小小說，有讀書、寫作心得，甚至還有琦君創作的古典詩詞，能讓人看到琦君的文學養成，她對文學的看法，以及她在各種文類的嘗試。經典值得一讀再讀！

上輯　讀書隨筆

就《論語》一書探討孔子的文學觀

　　孔子的偉大人格，和他言辭教誨的博大精微的地方，都已經包括在一部《論語》之中。我們如果能沉潛研讀，就可以領會到幾千年前我們這位至聖先師，在修身方面、政治方面、教育方面，以及文學方面，無不以身作則，以溫和親切、平易近人的口吻，說出了千古不易的真理和準繩。

　　關於道德的標準，政治、教育的方針，在《論語》的許多篇章中，無論是夫子答弟子問、或評論人和事，都有很明切的記載。而在文學方面提到的，不及其他各項具體，這是不是意味孔子不重視文學呢？其實不然，孔子是非常重視文學，而且把文學列為修身的一個重要部門的。

　　孔子的七十二門弟子中，擅長文學的是子游、子夏（《論語‧先進》篇）。這是「文學」二字，始見於孔門。而且是和德行、言語、政事三項並列的。邢昺《論語》疏解釋「文學」為「文章博學」，揚雄《法言‧吾子》篇說：「子游、子夏得

其書。」「書」指的是禮樂詩書，即包括了文章和博學。所謂
文章就是偏重於文學辭章的。可見孔子對文學非常重視，只
是他並不像後世把它專指純文學那麼的狹仄，而是把它和修
齊治平之道，等量齊觀的。因此，他對於文學修養的要求，
非常之高，那就是人格和文格的一致。學問、道德、文章三
者並重，缺一不可。《論語・述而》篇記載：「子以四教，文、
行、忠、信。」此文字固然指的是廣義的文，但當然也包涵
辭采文章。子貢問孔子：孔文子何以稱得起「文」字？孔子
回答：因為他「敏而好學，不恥下問」（〈公冶長〉篇）。敏而
好學是博學，不恥下問是品德。有學問有品德的人，愈益見
得他文學修養所表現的風範。

　　現在就《論語》中孔子說到「文」和「詩」的地方，來
探討孔子的文學觀：

(一)文學的原動力——仁

　　一部《論語》，可以一個仁字包舉。孔子以各種不同的方
式詮釋「仁」的意義，由仁而及於文的，見〈學而〉篇：「弟
子入則孝，出則悌，謹而信，汎愛眾而親仁，行有餘力，則
以學文。」這個文字，可以意味到是文學之文。初看這段話，
似乎孔子偏重德行；其實，他的意思正是以文學來輔佐人格
的培養。聖人將仁和文並提，是有其深長意義的。一個人如
能孝順父母，友愛兄弟，端品勵行，愛同胞、愛國家，才有
資格從事於文學。因為仁是文學的原動力。無論是文學創作
或文學欣賞，首先要有推己及人的同情心。也即仁民愛物之

心。我們看「仁」這個字從「二」「人」，表示人與人之間當互愛互信，坦誠相交，國與國之間，也要坦誠相交，就是四海之內，皆兄弟也，最後達到世界大同的理想。這是許多在暴力統治的極權政體下的人民所不能夢想的境界，卻是生活在自由和平富足中的人民所享受的幸福。在此幸福中，才能孕育出真正的文學作品。也就是說「行有餘力」的人，才能有心情學「文」。

　　「仁」也是萬物的生機，我們稱果核為仁。一顆桃仁種在泥土中就長出桃樹，一顆杏仁就長出杏樹，生機是多麼可貴！孔子極重視生命，孝順父母，因為父母賦予我們生命，教育子女，因為我們應當延續生命，使下一代開花結實。上蒼有好生之德，萬物的生機不可摧殘。一個國家領袖，把人民視同手足，人民也如父兄般擁護他。整個國家呈一片祥和氣象，人民安居樂業，才有怡悅的心情，從事文學，產生優美的作品。反過來說，如果在一個暴力統治的政權之下，極權者以殘酷的手段，奴役人民，扼殺人性，摧毀生機，人民掙扎在生死邊緣上，那裡還有文學欣賞的心情，更那裡能有寫作的自由呢？在中國歷史上，最暴虐的君主就是秦始皇。他焚書坑儒，汩滅人性，偶語者族，腹謗者棄市。所以暴秦之亡，是天理自然的法則，他短促的一代，自無文化可言。而他所想盡方法摧毀的文化，卻於漢朝統一天下以後，立刻恢復而益形光大。試看西漢的樂府歌辭和賦，就是繼承《詩》和楚辭的精華。可見天地之間，萬物的生機是非常頑強的，絕不是暴力所能摧毀得掉的。暴秦所摧毀的只是自己的政權

而已。

㈡文學的功能——涵養性靈，抒寫感情

　　孔子對門弟子講學的文學教材就是《詩》。他說：「詩，可以興，可以觀，可以群，可以怨⋯⋯」（《論語·陽貨》篇）。興、觀、群、怨是人類心靈的活動狀態。興與觀是自內而外的抒發，群與怨是「情」的交感作用。這個「情」字，非常重要。人與人之間沒有隔閡，就基於「情」。天地萬物乃一生化的有機體，就是群。在自由的世界裡，才有真情的流露，在自由的世界裡，才有互信互愛的群體生活。怨並非怨恨，而是相互同情、安慰、勉勵，這是聖人有情的宇宙觀。由此宇宙觀所孕育的文學觀是博大無垠的。

　　或許有人認為孔子所說：「《詩》三百，一言以蔽之，曰思無邪。」似乎把文學看得太嚴肅了。其實不然，道德的成分與文學的價值不是相剋而是相成的。真、善、美的一致，才是文學最高的境界。沒有仁愛之心，沒有真情，不能與人起交感作用的人，就不能領略文學境界，更不能談創作。即以《詩經》的美妙篇章為例：〈國風·周南·桃夭〉篇：「桃之夭夭，灼灼其華。」描寫爛漫的春光。對此生機興旺的情景，立刻想到如花的新娘，而祝福她說：「之子于歸，宜其家人。」又如〈秦風〉：「蒹葭蒼蒼，白露為霜。」在秋意蕭疏中，就不由得懷念遠人而寫下：「所謂伊人，在水一方。」而要「遡游從之，宛在水中央」多麼的纏綿有情致。再如〈王風·黍離〉篇：「彼黍離離，彼稷之苗，行邁靡靡，中心搖

搖，知我者謂我心憂，不知我者謂我何求。」看到一片茂盛
的稻禾，感到自己的獨行踽踽，越發的憂時傷事，而了解他
的人並不多，不免浮起一分知音難遇的寂寞感。外界的景物
接觸到詩人的心靈，詩人又將此情投射於外界的景物而引起
情景交融作用，這交融就是真善美的一致。孔子以「思無邪」
概括《詩》的宗旨，正是真善美的一致。也即是《詩》的淨
化作用。總觀我國傳統的第一流文學作品，都是情景交融的
性情文學。充分表現了我國愛好自然、和平，以及仁民愛物
的民族精神。這種堅毅的精神，是任何暴力所不能摧毀的。

(三)辭章之美

　　孔子對文學雖然重內涵，但也絕不忽視辭采之美。他說：
「質勝文則野，文勝質則史，文質彬彬，而後君子。」(〈雍
也〉篇) 君子於樸實中見文采，不粗野，不浮誇，是一派誠
乎中而形乎外的彬彬風範。所以孔子教誨門弟子是文和禮並
重的。顏淵讚嘆孔子：「循循然善誘人，博我以文，約我以
禮。」(〈子罕〉篇) 孔子用循循善誘的方式，融教化於詩書
六藝，使青年起潛移默化作用，日久遷善而不自知，益足以
見文學力量之大。

　　孔子重視文學的功效，他強調地說：「言以足志，文以足
言。……言之無文，行而不遠。」(《左傳》) 他認為文章是表
達內心情意的，要情意表達得徹底，傳情得久遠，必須有美
妙文辭。他又說「情欲信，辭欲巧。」(《禮記・表記》)「其
旨遠，其辭文。」(《易・繫辭傳》) 越發說得具體而且肯定

了。「巧」就是文辭的技巧。有真摯的感情，有充實的內容，然後以高妙的技巧表達。我們回顧幾千年來的文學名著，凡是蕩氣迴腸之作，無不擲地作金石聲。即使《左傳》是傳經之文，范寧仍讚美它豔而富。此所以《左傳》是我國歷史文學之先河。

孔子主張「正名」，他說：「必也正名乎，名不正則言不順。」正名主義的引伸而應用於文學方面的，就是切切實實的修辭工夫。孔子筆削《春秋》，發揮了每個字最確切的意義。《文心雕龍·宗經》篇說：「《春秋》辨理，一字見義。」這一句給我們後世學寫文章的人很多啟發。中國文字含義極豐。於遣辭用字之際，必須運用得最貼切，無論敘事、抒情、寫景，都要鍊字鍊句恰到好處，恰如其分。《荀子·正名》一篇兼論正辭，正辭即是鍊句工夫。這就是儒家重視文章的顯著證明。十九世紀法國大文豪福樓拜爾指示他弟子莫泊桑說：「世界上只有一個字形容一樣事物，你必須努力找到那個字。」這句寫作上的名言，和我們的先哲所說的不謀而合。

現在再來探討孔子的生活藝術。

我們的至聖先師，並不是擺著岸然的道貌，過著呆板的嚴肅生活的。相反地，他的平居生活，充滿了藝術的情趣。且讓我們來欣賞《論語》中記載孔子和諸弟子談心的一段文章。子路、曾皙、冉有、公西華侍坐，孔子一一問他們的志向，他們一一回答了（原文略）。最後問到曾皙：

「點，爾何如？」鼓瑟希、鏗爾，舍瑟而作，對曰：

「異乎三子者之撰。」子曰：「何傷乎，亦各言其志
也。」曰：「莫春者，春服既成，冠者五六人，童子六
七人，浴乎沂，風乎舞雩，詠而歸。」夫子喟然嘆曰：
「吾與點也。」

　　單就文筆而論，這就是一段極好的記事散文。他把曾晳
一邊優遊自在地輕輕撫著琴，一邊默默諦聽的神情，描寫得
十分生動。當夫子問到他時，他推開琴站了起來，侃侃地說
出自己的心願，聽來他好像只是落落無大志的人，孔子反而
非常讚賞他。要知曾晳並不是要過懶懶散散只遊樂不工作的
生活，他所嚮往的乃是不忮不求，從容閒適，心靈和大自然
融為一體的境界，也就是依於仁，遊於藝的境界，道出了夫
子的心願，所以孔子十二分的高興。由此可見孔子非常注重
人格的獨立，意志的自由。儘管他為了仁義，苦心孤詣地知
其不可而為之，但真正道不行時，他也可以乘桴浮於海（〈公
冶長〉篇），度他的優遊歲月。他隨遇而安，絕不心為形役，
強求富貴。他說：「飯疏食，飲水，曲肱而枕之，樂亦在其中
矣，不義而富且貴，於我如浮雲。」（〈述而〉篇）但如果富
貴合於義的，他並不自命清高，故意逃避。所以他說：「居貧
賤，安於貧賤；居富貴，安於富貴。」如係分內應得的富貴，
他也坦然享受。總之，一切純出自然真摯，不矯揉造作，更
不製造富貴貧窮間的階級觀念。每個人應當享受他應得的報
酬，人的權利是不容被剝奪的，自由是不容被侵害的，這是
孔子的生活原則。基於這個原則，孔子在生活起居方面，都

是恰如其分。在做學問，研求真理時，他會「食無求飽，居無求安」。在經濟條件許可之下，他也「食不厭精，膾不厭細」。（〈鄉黨〉篇）穿衣服也很講究色調的配合：「緇衣羔裘，素衣麑裘，黃衣狐裘。」（〈鄉黨〉篇）這不是奢侈，這是生活的藝術。他又非常喜歡古典音樂，在齊聽到韶樂，高興得「三月不知肉味」，對自己說：「不知為樂之至於斯也。」（〈述而〉篇）他對朋友說他是一個「發憤忘食，樂以忘憂，不知老之將至」（〈述而〉篇）的一個人。可見他的人生觀是多麼的豁達！生活是多麼有情趣！

　　孔子的教學態度是溫而厲，原則絕不可移，而神情非常親切，有時且富於幽默感。在《論語》的許多篇章中，可以看出他是很有說話藝術的。例如：「子在川上曰，逝者如斯夫，不舍晝夜。」（〈子罕〉篇）看到流水奔流不息，他領悟到宇宙間一分無休無止的動力，因而以含蓄的比喻勉勵學生及時努力。他感乎敖岸氣節的不易與可貴而嘆息：「歲寒然後知松柏之後凋也。」（〈子罕〉篇）他高興起來，讚美仲弓：「犁牛之子騂且角。」（〈雍也〉篇）因為仲弓的父親沒有讀過什麼書，他就用了個輕鬆的比喻。他到武城聽到弦歌之聲，知道子游治武城很有成績，又感慨他們師徒不能行其道於天下，所以半開玩笑地說：「割雞焉用牛刀。」（〈陽貨〉篇）孔子深盼能行其道於世，子貢問他「現在有一塊美玉，您還是把它藏起來呢？還是求好價出售呢？」孔子馬上回答：「賣掉，賣掉！我正在等合適的價錢呢！」（沽之哉，沽之哉，我待賈者也。）（〈子罕〉篇）神情於迫切中透著輕鬆。學生以

比喻問他，他就以比喻回答，一點也不矜持嚴肅。孔子用世心切，並不是為了自己想過安適生活，而是為了愛國愛民。他用比喻說：「吾豈匏瓜也哉，焉能繫而不食。」（〈陽貨〉篇）他的一片苦心，卻出之以如此幽默的口吻。

　　由上舉各例，可以體會到孔子道德和藝術合一的生活態度，我們尤當深深領悟的是他居於仁，遊於藝的人生哲學、教育哲學，數千年來所培育而成的民族精神，堅忍、仁慈、愛真理、愛自由，這分精神，形成我們健全的文學觀，深植每個人心中，堅定而不可動搖。即使是處在暴力的逆境中，也是不會屈服的。同樣的，時至今日，如果一國的人民，即使因特殊的情形而生活在兩種完全不同的政治環境中，他們的心靈還是息息相關，絕非不合理的權勢所可阻隔的。因為民族精神是整體的，人性更是嚮往光明、和平、自由的，中華文化所孕育的文學作品，正在豐足的陽光雨露中發放燦爛的花朵。我們深切期望每個中華兒女，都能沐浴於先聖孔子所啟示我們偉大的仁愛之中，超越於人為的暫時隔閡，以真、善、美一致的文學作品，使心靈得以交流。

歷代女性與文學

　　《禮記》說:「溫柔敦厚,《詩》教也。」這是讚美我們一部最古的文學巨著《詩經》的話。我認為拿這話來讚美我們東方女性,是再恰當不過了。因為東方女性,最具有溫柔敦厚的美德。從《詩經·國風》的許多篇章裡,從古代的其他許多詩歌裡,都可以看得出中國女性含蓄寬恕的美德,堅貞高潔的情操。這些詩,有些是文士們替她們寫的,有些是女性自己唱出的委婉心聲。使我們現在讀起來,還為之蕩氣迴腸,低徊嘆息不已。例如〈國風〉的〈邶風〉中有四首詩是衛莊公夫人莊姜的作品,這四首詩是〈綠衣〉、〈燕燕〉、〈日月〉、〈終風〉。莊姜是一位美麗高貴的女性,也是我國最早的女詩人。〈衛風〉中的〈碩人〉就是描寫她的美麗容貌的,詩中寫她:「手如柔荑,膚如凝脂,頸如蝤蠐,齒如瓠犀,螓首蛾眉,巧笑倩兮,美目盼兮。」更描寫了她做新娘時喜氣洋洋的盛況。可是莊姜是一個薄命的佳人,她沒有生

育子女，莊公為寵妾所惑，冷落了她，她在〈日月〉中悲嘆著「日居月諸，照臨下土，乃如之人兮，逝不古處。胡能有定，寧不我顧？」可是她有著充分忍耐的美德，在〈綠衣〉中，她勉強控制自己的哀痛說：「綠兮衣兮，綠衣黃裡，心之憂矣，曷維其已……絺兮綌兮，淒其以風，我思古人，實獲我心。」莊公寵妾之子州吁侮慢了她，她寫了〈終風〉一首以表明她堅毅勇敢的情操。當她親如手足的宮中姐妹戴媯歸寧時，她寫了〈燕燕〉一首為她送行：「燕燕于飛，差池其羽，之子于歸，遠送于野，瞻望弗及，泣涕如雨……。」使千載後的讀者，也不禁為這位命運坎坷的女詩人而泣涕如雨了。

　　此外《詩經》中更有許多不知名的女性作家，例如〈柏舟〉，是一個女子不得她夫婿的歡心，於極度悲憤中說出她的愛心仍堅定不移，她說：「我心匪石，不可轉也。我心匪席，不可卷也。」對於對方也沒有絲毫怨望之意。只是說：「心之憂矣，如匪澣衣，靜言思之，不能奮飛。」又如〈鄭風〉的〈子衿〉是描寫一個女子看見了青青的顏色，就想起她的情人所穿的衣服，她說：「青青子衿，悠悠我心。」「青青子佩，悠悠我思。」可是盼望他久久不來，因而懷疑他是不是不給她書信了，是不是不再來看她了，因而說：「縱我不往，子寧不嗣音？」「縱我不往，子寧不來？」但她仍在城門外徘徊等待，一天又一天。「一日不見，如三月兮。」「一日不見，如三秋兮。」這是多麼纏綿悱惻，怨而不怒，哀而不傷的情愫啊。

　　古詩中也有描寫女子，愛得非常熱烈，而失望後恨起來

卻也非常決絕的。例如〈有所思〉:「有所思,乃在大海南,
何用問遺君,雙珠玳瑁簪,用玉紹繚之。聞君有他心,拉雜
摧燒之。摧燒之,當風揚其灰,從今已往,勿復相思,相思
與君絕。」在開始,她是如何思念遠在大海之南的心上人,
她要用雙珠玳瑁的簪子贈送給他。可是一聽說他另結新歡了,
她一氣之下,就立刻把簪子折了,燒了,而且當著風把灰都
吹得無影無蹤,從此不再想念他,從此與他決絕了,這也是
愛之深而恨之切的表示,這首詩寫來入骨三分。

　　儘管古代女性中有如此熱烈露骨的感情表示,但大部分
仍是極其含蓄蘊藉的,例如〈越人歌〉,「今夕何夕兮,搴舟
中流。今日何日兮,得與王子同舟……山有木兮木有枝,心
說(悅)君兮君不知。」她所思慕的對方是個貴族,楚國王
子地位懸殊,她只能在心底默默地愛著。這是一段微帶感傷
的愛情故事。

　　愛情專一不移,也可以從許多古樂府裡看出,像〈陌上
桑〉,太守想娶羅敷,她回答他說:「使君一何愚?使君自有
婦,羅敷自有夫。」而且誇獎自己的夫婿:「為人潔白皙,鬑
鬑頗有鬚,盈盈公府步,冉冉府中趨。坐中數千人,皆言夫
婿殊。」不但婉轉,而且非常幽默。

　　漢朝的辭賦家司馬相如將再娶,他那位才華卓絕的妻子
卓文君,作了一首〈白頭吟〉來表明自己的心跡。相如深深
受了感動,立刻打消了再娶之念。詩中說:「今日斗酒會,明
旦溝水頭。躞蹀御溝上,溝水東西流。淒淒復淒淒,嫁娶不
須啼。願得一心人,白頭不相離。」她只表明自己的心堅貞

不二，只望能與所愛的人白頭到老。這是東方古代女性的特色，不會做出那種合則留，不合則去，掉頭拂袖的決絕神情。所以我說溫柔敦厚，最足以描寫中國古代女性的美德。連宋朝的名將文天祥，他都要借女性的口吻說：「世事便如反覆手，妾身卻是分明月。」來表明自己光明磊落的心跡。足見女子雖具陰柔之美，而陰柔卻更包含著永恆的，無邊無盡的愛與仁慈。

　　漢朝的一位女史學家班昭，是史官班彪之女，班固之妹，偉大的《漢書》是由她續成的。她丈夫去世後被漢帝召入宮中，教后妃貴人詩書禮儀，號封曹大家，連大儒馬融都向她請教。她確乎是位了不起的才女，可是她為嬪妃們寫的《女誡》七篇，卻是以三從四德的典型禮教，壓抑了同類的女性。這一半是由於漢代儒學定為一尊，治經書的道貌岸然的大儒們，以及萬人之上的帝王，一定都有強烈的男性優越感。班昭出生長大在禮教環境中，縱有再高的才華，也擺脫不了傳統的思想，因此她只是個史學家、道學家，絕不能成為文學家、詩人。她的生活中沒有詩，她也不敢寫流露真情的詩。她必須「笑莫露齒，立莫搖裙」。感情受了極度的壓制，也就變得沒有感情了。

　　可是女性的本色總是婉轉纏綿的。感情遭到打擊，常常是自悲自嘆，或百般設法挽回。漢武帝的陳皇后被疏遠了，退居長門宮。她聽說司馬相如工賦，特地送給他黃金百斤，請他代作一篇賦，描寫她深宮寂寞之苦。司馬相如為她作了一篇〈長門賦〉，使武帝讀了都受感動。還有前秦時候竇滔的

妻子蘇氏，因丈夫帶了寵姬在外做官，把她整個忘了。她於
傷心之餘，用絲線在錦緞上繡了兩首迴文詩，寄給夫婿，薄
倖的竇滔受了深深的感動，趕緊來接她，夫妻得以破鏡重圓。
這兩個故事，與卓文君的〈白頭吟〉有異曲同工之妙。女性
工於文學，而文學感人之深，竟可以挽回一個破碎的家庭。

　　三國時蔡邕的女兒蔡文姬，妙於音律，能詩善賦，班昭
以後，她算是第一人了。可是她的遭遇卻是可歌可泣的。她
的丈夫衛仲道早死，回到娘家，正逢興平之亂，她竟被匈奴
虜去。做了左賢王的妾，還替他生了兩個兒子。後來曹操可
憐她的身世，用重金把她贖回，再嫁給董祀為妻。夫妻倒是
愛情甚篤，只是她丟下兩個親骨肉在匈奴，日夜思念，生離
死別之痛，使她寫下了一字一淚的〈胡笳十八拍〉。這首配以
胡樂的悲歌，在文學上有極高的地位。其中最沉痛處，就是
自敘她回國別子的幾段。如「與我生死兮逢此時，愁為子兮
日無光輝。焉得羽翼兮將汝歸，一步一遠兮足難移。」「今別
子兮歸故鄉，舊怨平兮新怨長，泣血仰嘆兮淚蒼蒼，胡為生
兮獨罹此殃。」「天與地隔兮子西母東，若我怨氣兮浩於長
空，六合既廣兮受之應不容。」思子之情，肝腸寸裂，讀之
令人鼻酸。她還做了一首〈悲憤詩〉，也是敘述母子決別時的
慘痛情景的。她說：「欲死不能得，欲生無一可，彼蒼者何
辜，乃遭此厄禍？……去去割情戀，遄征日遐邁。悠悠三千
里，何時復交會。念我出腹子，胸臆為摧敗。」骨肉分離生
死別，問人生到此，能不淒涼。

　　以上舉的大都是遭遇坎坷的女子，借文學傳出她們悲苦

的心聲。惟其如此，她們的作品，也特別的蕩氣迴腸。所謂「賦到滄桑句便工」。現在再來提一位有男子洒脫之風的特殊女性，她是晉朝宰相謝安的姪女，王凝之之妻──謝道蘊。她的才華橫溢，勝過諸兄，也勝過丈夫與小叔。有一天下雪，謝安問姪子雪像什麼，姪子回答說「散鹽空中差可擬」。道蘊說還是「柳絮因風起」更像些。因此後人稱她為「詠絮才華」。又有一次她的小叔與人辯論，辯不過旁人，她在青紗帳後面替他辯論，客為所屈。所以，「紗帳解圍」在我國成了女性的佳話，她初嫁時還嫌她夫婿才學不及她，鬱鬱不樂，向她叔父謝安抱怨說「想不到天地間竟有這樣一位王郎」。可見她的自視不凡。可惜這樣一位才華卓絕的女子，晚年命運也很坎坷。因為丈夫為孫恩的亂兵所殺，她還抽刀手刃好幾個敵人。孫恩敬佩她的義烈，沒有殺她，使她寡居終老。那以後歲月的淒涼，也就可想而知了。

　　唐朝在文學上是個輝煌的時代。從《全唐詩》中，可以看到許許多多哀怨悽惻的宮詞。這些宮詞，有的是文人們替她們伸訴委屈的，有的是宮女自己在深宮中偷偷寫來解愁的，現在我只舉兩個被傳誦的動人故事，以見宮女生活的悲苦。唐玄宗時，命宮女為邊疆的駐軍縫製征衣，有一個兵士在袍中發現一首詩：「沙場征戰客，寒夜苦為眠。戰袍經手作，知落阿誰邊。蓄意多添線，含情更著棉，今生已過也，願結後生緣。」兵士不敢隱瞞，將詩呈給主帥，被皇上知道了，遍問宮中是那個作的詩，有一個宮女跪地流淚承認了。開明的皇帝憐憫她的一縷痴情，對她說：「我為你們結今生緣分

吧。」就把這個宮女嫁給得詩的兵士了。還有一個更神奇旖旎的故事，肅宗時有一位書生顧況，有一天在洛陽與朋友遊花園中，在流水上檢起一片大梧桐葉，卻發現葉上有娟秀的字跡題著一首詩：「一入深宮裡，年年不見春。聊題一片葉，寄語有情人。」顧況有所感，隨即也題了一首詩在一片葉上，漂於波中。他的詩是：「愁見鶯啼柳絮飛，上陽宮裡斷腸時，君恩不禁東流水，葉上題詩寄與誰。」不料十餘日後，他又在水溝中得一詩：「一葉題詩出禁城，誰人愁和獨含情。自嗟不及波中葉，蕩漾乘風取次行。」傳說此事被德宗知悉，便將題詩的宮女嫁給了顧況，以成人之美。像這樣姻緣巧合的事，可說是皇天不負苦心人了。但從這兩段佳話中，看出宮廷女子文學修養之深，也看出她們深宮寂寞，虛度芳華的苦悶了。

　　唐朝除宮女以外，更有兩種生活環境特殊的女性，一種是官妓，一種是女冠（女道士），她們所交往的都是一時的達官顯要，文人學士。她們個個都能詩畫琴棋，與文人學士唱酬應答。她們的藝術修養，深深為文士們所傾倒。那情形就彷彿日本的藝妓，在當時是一種頗為高尚的職業。她們的生活是多采多姿的，思想是自由的，因此她們的詩作得比一般家庭婦女更出色，更富於浪漫氣息。那時最負盛名的一個官妓是薛濤。她是四川人，她的住宅旁邊有一口井，井水清洌，她嘗拿這水自製一種深紅小彩牋，以便題詩。一時文士都仿效她的小牋式樣，名之薛濤牋，名那口井為薛濤井，可見時人對她的傾慕。但她儘管錦衣玉食，周旋於富貴場中，她的

內心仍舊是空虛寂寞的。這從她的三首〈春詞〉中可以看得出來，〈春詞〉之一云：「風光日將老，佳期猶渺渺，不結同心人，空結同心草。」難怪另一位名妓徐月英的詩低訴著：「為失三從泣淚頻，此身何用處人倫。雖然日逐笙歌樂，長羨荊釵與布裙。」三從四德雖然予人精神上以莫大拘束，她們還寧願退出十里洋場，做個平平凡凡的家庭婦女呢。

另一種更特殊的女性是女道士，魚玄機是其中最有名的一個，她本來是官宦人家的侍妾，因愛衰出為女冠，她有一首詩說：「易求無價寶，難得有心郎，枕上潛垂淚，花間暗斷腸。」像這樣坦白大膽的吐露心事，在當時一般家庭女性是絕對不敢出口的，但也由此見得她對愛情的認真與期望的渴切了。

宋朝是詞的極盛時代，因為柳永的詞，通俗普遍到了凡有井水處，都能唱他的詞。所以民間婦女，很多都會作詞。《宣和遺事》中記載著一段很有趣的故事。宣和上元燈節，徽宗下令允許士女任意參觀享樂，並各賜酒一杯。有一個女子偷取了一隻金杯，被衛兵發覺了，押到皇帝的面前，這女子卻不慌不忙隨口唱出〈鷓鴣天〉一首：「月滿蓬壺燦爛燈，與郎攜手上端門，貪看鶴陣笙歌舉，不覺鴛鴦失卻群。天漸曉，感皇恩。傳宣賜酒飲杯巡。歸家恐被翁姑責，偷得金杯作照憑。」皇上聽了大大地高興，不但把金杯賜給她，還命衛士好好護送她回家。

與唐朝一樣，宋朝的官妓，也個個都有很好的文才，大文豪蘇東坡極賞識一名歌妓名琴操。有一天東坡與朋友們宴

飲，坐中有客唱一首少游最出名的〈滿庭芳〉詞，可是卻把第一句末二字「譙門」誤唱為「斜陽」，與以下韻腳完全不對了。聰明的琴操卻把以下所有的韻腳，全部邊唱邊改，一律改為七陽韻。茲將原詞與她所改的，錄在後面，以見她的機智與才華：「山抹微雲，天連衰草，畫角聲斷譙門（斜陽）。暫停征棹，聊共引離樽（觴）。多少蓬萊舊事，空回首煙霧紛紛（茫茫）。斜陽外，寒鴉數點，流水繞孤村（空牆）。銷魂（魂銷），當此際香囊暗解，羅帶輕分。（輕分羅帶，暗解香囊。）漫贏得青樓薄倖名存（狂）。此去何時見也，襟袖上，空惹啼痕（餘香），傷情處，高城望斷。燈火已黃昏（昏黃）。」

此外李師師是欽宗時首屈一指的名妓，欽宗非常賞識她，時常去她家飲酒對弈。有一天，大詞人周清真正在她家，忽報皇上駕到，清真躲了起來，直等欽宗去後，他才出來告別。並填了一首〈少年遊〉，送李師師，就是描寫師師與欽宗對話的情形的：「并刀似水，吳鹽勝雪，纖手破新橙。錦幄初溫，獸香不斷，相對坐調笙。低聲問，向誰行宿，城上已三更，馬滑霜濃，不如休去，直是少人行。」足見當時的旖旎風光。

有宋一代的詞人，指不勝數，無論是豪放與婉約，都已到了登峰造極之境。可是最值得我們大書特書的卻是那位有史以來最偉大的文學家李清照。她的成就在女界中可說是前無古人，後無來者。李清照自號易安居士，幼承家學，嫁給趙明誠後，夫婦生活極為風雅綺麗。她丈夫喜金石書畫，收藏極多。常常典質了衣服去相國寺買碑文，也買些零食回來，

夫妻相對邊吃邊賞玩。有時坐歸來堂中，指著某事在某書某卷某頁某行，以中否賭負勝，笑得把茶都撥翻了。像這樣風雅悠閒的生活，真可稱得上神仙眷屬。在他們的一次別離中，易安寫了一首〈醉花陰〉詞，寄給趙明誠，明誠苦思了三天三夜，作了五十多首同調的詞，把妻子的一首混在一起，請朋友品評那一首最好。他朋友念出二句他認為最好的，「莫道不消魂，簾捲西風，人比黃花瘦。」卻正是易安所作，做丈夫的也只有心折了。

令人嘆息的是福慧難以雙修，他們的幸福日子並不多，在戰亂轉徙中，他們寶貴的書籍不得不一批批忍痛地丟棄了。不久明誠去世，剩下孤孤單單的她，流離轉徙，晚年卜居金華，過著孀居的淒涼歲月。她的〈武陵春〉詞中寫道：「風住塵香花已盡，日晚倦梳頭。物是人非事事休，欲語淚先流，聞說雙溪春尚好，也擬泛輕舟。只恐雙溪舴艋舟，載不動，許多愁。」物是人非，淒涼無限。莫說舴艋舟載不動她的愁，就是千載後的萬千讀者，也似乎負擔不盡她的愁呢。易安不但是詞人，而且工詩，秦檜的哥哥命胡松年等使金，她作一詩送他，最沉痛的句子是：「子孫南渡今幾年，漂零遂與流人伍。願將血淚寄山河，去灑青州一坏土。」足見她的一腔傷時憂事的愛國熱忱。她的〈金石錄後序〉歷敘她的一生遭遇，更是一篇最感人的散文。她因才華卓絕，眼界自高，對歐陽修、晏殊、蘇軾、柳永、秦少游等大名家詞，都有不滿意的批評，而且說得都非常中肯。但正因她才識太高，也許遭受時人之忌。後來有人說她晚年又改嫁張汝舟，其實她縱使改

嫁，也不足以影響她在詞壇上的地位，更何況未必真有其事呢。只要讀她那首〈武陵春〉的後半闋，就可了解她的心早已如死灰朽木，再也無意尋春了。

易安以後，還有一位薄命女詞人朱淑貞，她自號幽棲居士，才華雖不及易安，但亦頗有可觀。她的詞集叫《斷腸集》，為後世所傳誦。至明末又有一個柳如是，她工詩擅畫。嫁給名士錢牧齋。夫婦感情彌篤，錢對她說：「我愛你白的皮膚黑的頭髮。」柳對他說：「我卻愛你黑的皮膚白的頭髮。」可惜她的丈夫晚節不終，做了清朝的官吏，她憤而出家。牧齋死後，她也自殺殉情了。似這樣烈性的女子，也是值得特別一提的。

清初，由於詩人王漁洋對女性文學的倡導，女詩人就像雨後春筍似的，其蓬勃的盛況為前所未有。王漁洋詩主神韻，聲望披靡天下，一時文士，仰之如泰斗。尤其女士們，能得他的一句品題，便身價百倍。他以後有袁子才，更是獎掖女性，不遺餘力，有《隨園女弟子詩選》。他作詩主張風趣性靈，不拘格律，文字淺顯如白話，影響於婦女思想極大。可是卻惱了道學先生章學誠，罵袁為無恥妄人，還特地寫了一篇〈婦學〉，專攻擊隨園，反對婦女公開作詩應酬。可是他的反對並沒有限制女子才華的發揮。隨園以後，女詩人輩出，蔚為百年間婦女文學的極盛時期。這是清代文學界的特殊現象。隨園女弟子的詩，最足以表現女性的柔美。其中最傑出的當推席若蘭。若蘭夫婦感情很好，只是愛兒夭折，她作了一首〈葬兒斷腸詩〉，最後幾句是：「一盃良醖奠靈牀，滴向

泉臺哭斷腸，誰是酒漿誰是淚，教兒酸苦自家嘗。」讀之教人酸鼻。

　　在清代特別值得一提的是仁宗時有一位傑出的女詞人吳藻，她字蘋香，著有《花簾詞》與《香南雪北詞》。她多才多藝，工詩善琴，嫻音律，詞尤為同時的士女們所傾倒。許多人都向她討詞，想見她風流瀟灑的一派名士風度。她的詞才情風格至高，有蘇辛的豪放，不作兒女態，吟詠性情，又淺近得像白話。與納蘭容若同是清代詞壇的兩朵奇花。可惜的是她丈夫不是個文人，夫妻間說不上唱酬之樂，所以婚姻生活並不很美滿。三十歲以後，她丈夫去世了，她就一個人孤單單地隱居在浙江南湖，斷絕了文字因緣。在她的《香南雪北廬集》中，她自序道：「十年來憂患餘生，人事有不可言者，引商刻羽。吟事遂廢……自今以往，掃除文字，潛心奉道，香山南，雪山北，歸依淨土，幾生修得到梅花耶。」辭意淒絕。她的一首〈浣溪紗〉詞，最為人所傳誦：「一卷〈離騷〉一卷經，十年心事十年燈，芭蕉葉上聽秋聲。欲哭不成翻強笑，諱愁無奈學忘情，誤人枉自說聰明。」哀婉悽愴，可為她晚年生活的寫照。

　　這些女士們，詩才雖高，究竟跳不出春愁秋怨，個人悲歡離合的範圍，因此使我們想起清末民初的一位女界豪傑秋瑾。秋瑾讀書通大義，工詩、文、詞。能騎馬，善飲酒，一派丈夫氣概，自號鑑湖女俠。後因與先烈徐錫麟推翻滿清政府，事敗為清廷所殺。臨刑時索筆沉痛地寫下了「秋風秋雨愁煞人」七個字，而從容就義，名垂青史。她的詩如其人，

一掃纏綿婉轉的兒女態，而多慷慨激昂之音。有一首律詩最足以代表她的豪邁作風，茲錄如後：「慢云女子不英雄，萬里乘風獨向東。詩思一翻海空闊，夢魂三月島玲瓏。銅駝已陷悲回首，汗馬終慚未有工。如許傷心宗國恨，更堪客裡度春風。」滿腔報國熱誠，溢於言表。又一首〈滿江紅〉詞中有幾句道：「身不得，男兒列，心卻比，男兒烈。平生肝膽，因人長熱。俗子胸襟誰識我，英雄末路當磨折。莽紅塵何處覓知音，青衫濕。」更可見她磊落的胸懷。

在當時，一班護道者對女性提倡三從四德，施以嚴厲約束的情形下，竟能出現像秋瑾這樣的女豪傑，不說她在革命上的貢獻，就是詩詞方面能擺脫女性一貫的柔弱作風，在文學上的地位也是不朽的了。

中國歷代的女性，與文學結下這樣的不解因緣，而且她們的造詣並不遜於男性作家。這是值得中國女性引以自豪的。究其原因，女性在文學上有如此輝煌成就，也絕不是偶然的。在我看來，中國文學是傾向於蘊藉婉約的，所謂不失其溫柔敦厚之旨。而蘊藉婉約、溫柔敦厚的作品，由女性自己來著筆，自更顯得出色當行。女性寫作，完全是基於為藝術而藝術的動機，不求名利顯達，只憑一片真摯的感情，寫出她們的歡笑與眼淚。所以她們的作品是天地間的至文，是值得我們低徊反覆去欣賞的。

古樂府〈孤兒行〉的欣賞

　　〈孤兒行〉這是一首古代的民歌。是漢樂府中的瑟調曲，亦稱〈放歌行〉。放歌就是不平之歌的意思。詩人眼看孤兒父母雙亡，受盡兄嫂的欺凌，因而以第一人稱獨白的口吻，為孤兒寫下一首詩篇，代作不平之鳴，其訴說之悲切，感情之真摯，真如峽猿蜀宇，悽斷人腸。可稱得是漢樂府中民間文學的代表作。

　　尤其值得讚賞的是這篇詩的技巧，以現代文學批評的眼光看來，都不失為一種最新最生動的手法。張玉穀的《古詩賞析》，對此詩的段落與章法，已有詳細的解說。我現在是憑個人對本詩的領會與欣賞，來給它作個分析。

　　現錄原詩如下：

　　　孤兒生，孤兒遇生，命當獨苦。父母在時，乘堅車，駕駟馬。父母已去，兄嫂令我行賈。南到九江，東到

齊與魯。臘月來歸，不敢自言苦。頭多蟣蝨，面目多
塵土。大兄言辦飯，大嫂言視馬。上高堂，行趣殿下
堂，孤兒淚下如雨。

使我朝行汲，暮得水來歸。手為錯，足下無菲。愴愴
履霜，中多蒺藜。拔斷蒺藜，腸肉中愴欲悲。淚下渫
渫，清涕纍纍。冬無複襦，夏無單衣。居生不樂，不
如早去，下從地下黃泉。春風動，草萌芽。三月蠶桑，
六月收瓜。將是瓜車，來到還家。瓜車反覆，助我者
少，啗瓜者多。願還我蒂，獨且急歸。兄與嫂嚴，當
興較計。

亂曰：里中一何譊譊，願欲寄尺書，將與地下父母，
兄嫂難與久居。

　　張玉穀認為第二句亦當為三字，在「遇」字斷句，「生」
字連下句。我認為當作「孤兒遇生」，與第一句「孤兒生」特
意重複，表示恨生斯世的沉痛心情。而「命當獨苦」四字句
較「生命當獨苦」五字句音節較為短促，自嘆命苦的語氣也
更為肯定。父母在日的幸福時光，只以「乘堅車，駕駟馬」
二句概括總提。出門有車馬，在家的享受可知。當時的幸福，
只須提孤兒記憶中最深刻處，不必多寫，多寫了反有喧賓奪
主之嫌。因通篇著力在寫孤兒受兄嫂虐待的痛苦生涯，予讀
者以不可磨滅的印象。緊接著寫行賈奔波，臘月歸來，過的
是櫛風沐雨的生活，正與前面的堅車駟馬成一強烈對比。「頭
多蟣蝨」以下至「腸肉中愴欲悲」是詳筆，細細訴說兄嫂對

他的種種狠心折磨。使讀者好像親眼看到一個苦命無告的孤兒，滿身垢污，滿臉淚痕，戰戰兢兢，誠惶誠恐地忙東忙西，跑進跑出，侍候著兄嫂的顏色。一則曰：「孤兒淚下如雨」再則曰：「淚下渫渫，清涕纍纍。」是劇寫孤兒飲泣吞聲的神情，令人不禁為之愴然淚下。訴說了半天苦況以後，又想起平時的受凍挨饑，再抽抽咽咽地說：「冬無複襦，夏無單衣。」描摹出悲切的孤兒神情口吻，維妙維肖。「居生不樂……」是孤兒沉痛的呼號，與最後「願欲寄尺書，將與地下父母」遙相呼應。一再呼號，益見其忍無可忍，痛不欲生。

　　「春風動，草萌芽」是全詩的最著力處，在章法上，也是個大波瀾。由「黃泉」的絕望死亡，忽然轉為春風春草的碧綠生機，在色澤上是個強烈的對比，在心理上是個轉機。「三月蠶桑，六月收瓜」用的是舒緩蕩漾之筆，於前文一路悲苦之餘，給讀者心情上暫時的舒暢。也顯露出一線柳暗花明的曙光。滿以為氣候轉溫暖了，瓜果成熟了，孤兒往後不再受凍挨饑了。誰知「將是瓜車」以下又是一個急轉，寫出孤兒有一天受路人欺凌的一段真實故事。我們好像看到一個小小的人兒，使盡薄弱的氣力，推著一輛沉重的瓜車。瓜車翻了，路人不但不幫著扶他一把，反而趁火打劫搶他的瓜吃。無助的孤兒，只有含淚懇求路人，起碼把瓜蒂還給他，好讓他向兄嫂解釋。事實上，他知道解釋也沒有用，兄嫂一定是大發雷霆的。人間竟然沒有一絲同情與溫暖，孤兒的遭遇已到了絕望的境地。作者寫這一節悲苦的事實，卻故意從充滿希望的「春風動，草萌芽」反跌下來。仍是由生機回到死亡，

使讀者感到何等沉痛。

　　潘重規教授讚此段說：「瓜車反覆一段，尤令人有啼笑皆非之妙。杜甫詩：『公然抱茅入竹去，唇焦口燥呼不得。』似即從此化出。」此段之所以感人，蓋由於作者運用具體故事的描繪手法。有人物，有動作，有語言，如聞其聲，如見其人，印象格外鮮明深刻。比起前文訴說日常生活之苦，尤為深刻生動。這是文學寫作上重要手法之一。例如朱自清先生的〈背影〉一文，他寫父親對他萬般照顧，把自己的青布黑紫羔皮袍給他鋪在坐位上，矮胖的身軀爬過月臺替他買桔子，然後笑嘻嘻地捧著滿懷鮮紅的桔子回來遞給他。這些動作的詳細描述，就令讀者深深體會到慈父之愛，比說一百次「我父親多麼的愛我」有效多了。這種例子，在我國歷史文學上，也屢見不鮮。例如《史記‧信陵君列傳》中寫信陵君的仁而愛士，就寫了許多具體的事實，最著力的一段是寫公子迎侯生一路情形，不厭其詳，都只為烘托他的謙恭愛士的風度。如此寫法，比概括性地讚美有效多了。

　　最後的「亂曰」是總結，果然孤兒回家不免一頓惡狠狠的毒打。「譊譊」是喧鬧之聲，遠近都聽到了。孤兒至此再一次沉痛的呼號，要寫信去告訴父母，寧可結束生命，從父母於地下。這是孤兒唯一的希望。可是死者何知，書信真能寄達九泉之下嗎？那麼茫茫來日，孤兒的痛苦豈有已時？作者懸著無可解救的問題給讀者，使讀者為苦命的孤兒永遠負荷著一分沉重的心情，可是作者的使命卻達成了。

　　還有一點值得討論的是整篇詩的章法。它是故意紊亂而

不是層次井然的。他的敘述隨著孤兒的追憶，孤兒的語無倫次的訴說，顯得時間地點錯綜紊亂。一忽兒現在，一忽兒從前，一會兒遠門，一會兒家中，一時哭父母，一時嘆自己。充分表現出孤兒工作的煩重與思緒的紛亂。這與現代意識流筆法正是不謀而合。及至瓜車翻覆這一幕刻骨銘心的光景，孤兒永生難忘。所以作者格外加以描寫，孤兒的苦況至此亦達最高峰，這是一種上升律的高潮處理，給與讀者的感受也是刻骨銘心的。

　　凡是一個人在心情紛亂、憂心如擣的情形下，筆下也隨著錯亂起來。有如屈原的〈離騷〉，也是一忽兒想到東，一忽兒想到西，一會兒自怨自艾，一會兒自嘲自解，令讀者的心情亦為之波瀾起伏，哀樂不能自主，這才是最刻切、最傳真的心理描寫呢。

中國詩詞之演進

　　提到詩，不期然的就會想起歌。詩與歌，兩者有很密切
關係，是不可分割的。《尚書》開宗明義的說：「詩言志，歌
詠言。」〈毛詩序〉上也說：「在心為志，發言為詩，言之不
足，故詠嘆之，詠嘆之不足，不知手之舞之，足之蹈之。」
漢儒把這些話作為「溫柔敦厚詩教也」的張本，認為詩是言
志的，教育意味非常重。這也容易引起後人誤會，以為先有
文學音樂，然後才有歌；事實上，我們知道凡是一個人都有
感情，表達感情最好的方法是唱歌。歌不僅在文字之前有，
並應該在語言之前就有。嬰孩牙牙學語，自己就可編一套歌
曲來唱，他固然在第二次唱不出同樣的調子，但可證明這是
表現感情最率真的途徑。

　　我們古代的歌很多，《呂氏春秋》上就說，凡是人類只要
有生活、有活動，為了表現他的喜怒哀樂，就會唱出歌來。
先民時代，有所謂田事之歌，三個人拉著牛的尾巴，投足而

歌八曲。這些歌，現在已經失傳，記載見於《呂氏春秋》，姑不論其真偽，至少可反映先民的生活是怎樣的一種情景。好像北美洲的印第安人，他們也有所謂舞牛歌；同樣的，本省開化較晚的高山族，他們的歌唱，格外的沉雄、美妙，表達的感情也格外率真。所以說，歌是最早的，再配上舞，歌舞是不可分的。

真正見諸於文字而簡單的一首歌，是〈彈歌〉，作者是陳音，它只有八個字，是這樣的：

斷竹，續竹，飛土，逐宍（古肉字）。

我們無法了解二三千年前的歌怎樣唱，語言如何發音，但相信在那時一定非常口語化；即使以現在的國語來說，聽起來仍是押韻的。這首歌據《吳越春秋》上所記載的意義，是越王句踐要去打吳國，范蠡推薦一位名叫陳音的射手，越王問他：「射亦有道乎？」陳音就回答說：「弩起于弓，弓起于彈。」彈是作什麼用的呢？彈是孝子於父母死後，生怕屍體在曠野中被鳥獸吃掉，就負弓護衛，得以保存得全屍。我們可從這首歌裡看出幾千年的古文化中的孝道，意義十分深長。它的字面解釋，是說明做弓的過程，劈斷竹子，再用繩子連起來，射出去之後，泥土飛濺，驅走獸類（宍為古肉字，野獸之意）。弔的古字是「帠」，一個人手裡拿著弓，年代相隔太久，我們也無從了解其原始用意。〈彈歌〉可能是最早的歌，據《文心雕龍》中說，這首歌出於黃帝時代，其實三皇

五帝之史，多係傳聞，不能一定相信。《尚書大傳》所載，堯時有〈擊壤歌〉、〈卿雲歌〉等，今不作詳論。

真正最早最完整的詩，是《詩經》。它在當初，僅稱為《詩》，到戰國末年，才變成經，漢朝更以之作經典。它是古詩歌的總集，現存三○五篇，據說為孔子所刪訂。事實上，孔子不見得將它刪訂，不過是做一個整理的工作，《詩》既為反映民間生活、社會的情形、政治的清明與否，內容非常豐富和複雜，似不是出於一人之手，也不是出於一個時代，一定是很多人的集體創作。能夠遺留下來的，一定是最合口語，最容易歌唱，音調最好，感情最深刻的作品。孔子用它作為文學教材教導他的弟子，所謂「詩教也」，他又以《尚書》作為社會科學及歷史的教材。所以孔子說：「詩，可以興，可以觀，可以群，可以怨。邇之事父，遠之事君，多識於鳥獸草木之名。」甚至可作科學的書籍來看，可見它運用之廣。

《詩經》內容可分〈風〉、〈雅〉、〈頌〉，它的技巧是賦、比、興。據漢儒說，從前有采詩之官，把各國的詩收集起來，經過整理之後，才成為後來我們所看到的《詩》。我想究竟有沒有詩官，是一個問題；因為魯國《春秋》，記載魯國的事情，假使有采詩之官，也一定會到魯國。但孔子並未提及此事，可見其創作為多人的結晶，不是出於詩官之手。

《詩經》中的〈頌〉，是廟堂文學，朝廷中歌功頌德，設立教化，有了政權政體之後才出現〈頌〉。此外，〈雅〉是士大夫的音樂，這裡面也很有價值，因為人都有感情，歌功頌德之餘，他還有內心的感懷，諸如騎馬射箭的英雄壯志，憂

世傷時的慨嘆。

　　《詩經》中最好一部分是〈國風〉，它的文字及人生價值最高，感情也最率真。我們把它的第一篇〈關雎〉，提出來加以討論。

　　　關關雎鳩，在河之洲。窈窕淑女，君子好逑。

　　關關為鳥鳴之聲，ㄍㄨㄢ ㄍㄨㄢ是我們現在的發音，從前是否如此，不得而知，但是我們現在聽起來還是很像鳥鳴。這第一句是形容雙雙對對的雎鳩，是寫實的手法，鳥引起了他所思慕的對象，在《詩經》的技巧是興。興是一種聯想，在文學上佔很重要的地位，無論古今中外的作家，沒有想像力，就無以成文。過去沒有這類技巧的名目，也沒有像現在這樣的文學批評加以分析，漢儒只有拿經典、拿「文以載道」的話來解釋一切文學作品，因此抹煞了價值。這詩的第二節是：

　　　參差荇菜，左右流之。窈窕淑女，寤寐求之。求之不
　　　得，寤寐思服。悠哉悠哉，輾轉反側。

　　他望著池塘裡的水草，又想起伊人，一面寫景，一面抒情。尤其它中間還有一個周折，求之不得，就夢寐思念，輾轉不能成眠。這是一種纏綿的情意，怨而不怒，哀而不傷。它的精神，是很積極的，永遠懷著希望，鍥而不捨地去追求；

結果，有志者事竟成，所以下面接著就是：

> 參差荇菜，左右采之。窈窕淑女，琴瑟友之。參差荇
> 菜，左右芼之，窈窕淑女，鐘鼓樂之。

這首詩的音調，我們到現在聽起來，猶覺抑揚頓挫。《詩經》中像這樣的好作品，不知道有多少；技巧運用最多的是象徵，就是所謂比。

文學中的象徵是不可或缺的，如〈衛風〉中的〈柏舟〉：

> 泛彼柏舟，亦汎其流，耿耿不寐，如有隱憂。

這是描寫一位女性，她被她的愛人所遺棄的傷感，她以河上柏樹做的船去象徵她的堅貞，儘管水是飄流不定，而船卻非常穩定；一面象徵，一面抒懷，手法何等高超。接下去的「我心匪石，不可轉也。我心匪席，不可卷也」，說明石頭可以隨便轉來轉去，但我心不轉；席可以隨便卷起來，而我的心是永不屈服。詩人把內心的感應，全部描繪了出來。

此外如〈蓼莪〉：

> 蓼蓼者莪，匪莪伊蒿。哀哀父母，生我劬勞。

這是孝子思親之情，父母生我，如此勞苦，乃以蓼莪作為比喻，蓼莪初看像莪（莪是一種菜），但其實是蒿，用以象

徵自己沒有報答父母之恩的沉痛之思。所以後來又說：「缾之
罄矣，維罍之恥。鮮民之生，不如死之久矣」。最後說父母如
何生我、鞠我、拊我、畜我、長我、育我⋯⋯「欲報之德，
昊天罔極」。

　　我們從這幾首簡單的詩，就可看出《詩經》是以四言詩
為主。四言詩易於表現慷慨激昂、爽直的感情，無所隱瞞的
一口氣就說完。但也有七言八言的，那是變體，逐漸的影響
了後來的南方文學，那就是楚辭。

　　由上所引，我們對《詩經》得到一個概念：概念的地理
環境是北方的黃河流域；中國的文化是由北到南，黃河流域
文化發達得比較早，那邊的人民個性比較爽直、慷慨、激昂，
詩歌所表現的就是如此，不太委婉曲折。《詩經》中最委婉曲
折的是〈子衿〉：

> 青青子衿，悠悠我心。縱我不往，子寧不嗣音？青青
> 子佩，悠悠我思。縱我不往，子寧不來？挑兮達兮，
> 在城闕兮。一日不見，如三月兮。

　　子衿是講衣服顏色，看到這衣服的顏色，就會想起你，
為什麼我若是不理你，你也就不理我了呢？這就是所謂溫柔
敦厚；如果我們換一種方式說，「子不我思，豈無他人？」這
就不是《詩經》溫柔敦厚之旨了。

　　從這裡我們可以看出北方人民的溫厚而爽朗，這與地理
環境有關。此外還有哲學思想，因為齊魯是孔孟思想的發源

地，中國的儒道，就是恕道、中正。這種影響很顯明從詩中表露無遺。

　　由北到南，戰國時就有楚辭的興起。

　　楚辭與《詩經》迥異其趣，最大的原因，由於地理環境的不同。南方山明水秀，予人迷迷惘惘的神祕感覺，促使人產生更多幻想。即以詞彙來說，楚辭遠較《詩經》為多，同時南方人講迷信，孔子則「不言怪力亂神」，「敬鬼神而遠之」。而楚辭中最顯著的一點，不但不遠鬼神，還要與鬼為友，思慕他，跟他來往，還要寫情詩歌頌他。這是因為南方受了道家思想的影響，那時莊子思想已到南方；每每愈是晚開化的地區，對文化的吸收力特別強。楚莊王併吞各國之後，有稱霸中原的野心，派使節到北方去學習，那時使節來往都以唱詩代替說話，但楚莊王覺得對詩仍不夠滿足，要想表現出更多的感情，於是楚辭應運而生。

　　楚辭中也有貴族文學與民間文學之分，民間文學中最顯著的是〈九歌〉。有人說〈九歌〉為屈原、宋玉所作，可是我們認為它是民間的集體創作，後經文人修改而已。它是用來祭神的，與《詩經》最大的不同，是句子的文字增多，而且常用「兮」字。有人常常以為「兮」字作南方楚聲的代表，其實《詩經》中就有這字，如「巧笑倩兮，美目盼兮」。孔子獲麟也曾說「麟兮麟兮我心憂」，也只是表現一種慨嘆之音。在文字學上解釋為心有怨氣上升，到了喉頭上就出不去了，梗住之後，變成唱出歌曲之音。從它的象形，我們就可望文生義。古文上有這個字的地方，就像我們現在所用標點符號

中驚嘆號的意義。

　　茲提出具有代表性的幾小段來加以說明。

　　比如〈九歌〉中的〈雲中君〉，是描寫雲神的，刻劃它的美麗及思慕之情，期待很久，還不見其降，就發出怨言：

　　　君不行兮夷猶，蹇誰留兮中洲？美要眇兮宜修。

宜修者是很美的意思，那意思是說：你為什麼不來呢？你是為了誰在中途耽擱了呢？我現在要用船去迎接你：

　　　沛吾乘兮桂舟，令沅湘兮無波，使江水兮安流。

　　為了怕你暈船，希望你早點來，我要令沅湘無波，江水安流。如此的盼望與祈禱，是多麼纏綿感人。

　　再如〈湘君〉中描寫湘江女神湘夫人的下臨，有：

　　　帝子降兮北渚，目眇眇兮愁予；嫋嫋兮秋風，洞庭波
　　　兮木葉下。

是刻劃湘夫人降臨時，洞庭湖波浪飄盪，她的「目眇眇兮愁予」。我們現在覺得眇一目是醜的，而事實上眇是最美的，瞇糊眼最美，就像患近視的眼睛，看上去瞇瞇糊糊，顯出格外的一種媚態。湘夫人美目眇眇，引起了她的愁悵，因為秋風嫋嫋，湘水起波，草木搖落。

　　這是〈九歌〉中對神的描寫，它描寫鬼也同樣的美麗，如〈山鬼〉中有：

　　　　若有人兮山之阿，被薜荔兮戴女蘿；既含睇兮又宜笑，子慕予兮善窈窕。

《詩經》中的「窈窕淑女，君子好逑」，是寫少女之美，寫衛國莊姜之美，也不過是「巧笑倩兮，美目盼兮」，而在楚辭中描寫女性鬼神，竭盡了華麗之能事，而且予以人格化，更有甚者，人與神鬼之間使之有深厚感情，這完全是因為文學背景的關係。

　　我們知道莊子最富於幻想，他的〈逍遙遊〉中，有：

　　　　北冥有魚，其名為鯤。鯤之大，不知其幾千里也？化而為鳥，其名為鵬，鵬之背，不知其幾千里也？怒而飛，其翼若垂天之雲。是鳥也，海運則將徙於南冥；南冥者，天池也。齊諧者，志怪者也。諧之言曰：「鵬之徙於南冥也，水擊三千里，摶扶搖而上者九萬里，去以六月息者也。」

這種誇大的描寫，啟發南方的人民，產生豐富的想像力；這也是楚辭與《詩經》不同之處。

　　楚辭中最主要的作品是〈離騷〉，它的作者就是大家都知道的屈原。關於屈原的身世，大家知之甚詳，我們不作特別

介紹。有人說，春秋戰國時，並無如此忠貞愛國的人物，只是漢朝的人為了要表現愛國精神，虛構這樣一位人物。我們認為這是不可能的，因為孔子認為亂臣賊子皆可殺，怎會沒有忠貞愛國之士呢？同時如此血淚文字，絕不是他人能夠虛構得出來的。

中國古代有《詩經》，就好像羅馬有史詩；〈離騷〉，就好像希臘神話。它裡面的想像力的豐富，令人可驚，舉凡香草、美人等比喻、象徵的各種技巧，無所不有，而它所承受的是《詩經》的方法，加以發揚光大。

西方常常有所謂意識流的作品，就是當時的感情，不經理智的安排，直接表現出來，這種感情，是最真實的。我們可以說，〈離騷〉是古代意識流技巧的表現。從作品裡，我們可以想像到屈原在開始寫〈離騷〉時，是準備用正統的寫法，從自己的祖先，他什麼時候出生，叫什麼名字寫起，但是寫到後來，他想寫出滿腔的忠君愛國不為人所諒解，及如何為小人所讒，感到極大痛苦，心就亂了，心亂以後筆下所寫的也就亂了。所以離騷者離憂也，離是亂的意思，騷就是牢騷，就是把心裡的痛苦說出來，太史公讚美說：「〈國風〉好色而不淫，〈小雅〉怨悱而不亂，〈離騷〉者，可謂兼之矣。」

那麼〈離騷〉如何亂法呢？他出仕之初想做一番事業，然後一下受到挫折，因此他感懷時間過得快，他說：「日月忽其不淹兮，春與秋其代序；惟草木之零落兮，恐美人之遲暮。」美人是最高道德的標準，他把自己比作美人，他很沉痛的接著說：「荃不察余之中情兮，反信讒而齌怒。」他拿香

草比楚懷王，仍是怨而不怒之意。你雖然對我不好，我還是把最好的東西拿來比你，可是你如此的不諒解我，不能讓我發展抱負。所以下面說：「余固知謇謇之為患兮，忍而不能舍也：指九天以為正兮，夫唯靈脩之故也。」他的意思就是說，不管這些小人怎麼作怪，我對你的忠貞可以指九天而為證，可是我忍不住你對我的不諒解，所以「寧溘死以流亡兮，余不忍為此態也」。

我們從此可以看出他的心情顛簸、矛盾，永遠不能安靜下來，一忽兒指責上面對他不好，一忽兒又願意犧牲到底。由此可見感情與思想波瀾起伏最大的時候，不必加以整理。以文學的價值而論，有幾篇文章與屈原的〈離騷〉有同樣的情形。梁庾信的〈哀江南賦〉也是如此，他是南朝人，流亡到北朝，到回來的時候，南朝已是一片瓦礫，這種傷感所寫出來的文章，當然是可歌可泣的。另外就是南唐後主的詞，還有杜甫的一首〈北征〉詩，這些都是血淚文字，表現出了內心真實的感情和奮鬥精神。我們所謂戰鬥文學，並不一定是短兵相接，劍拔弩張。整個的人生就是戰鬥，善與惡的戰鬥，是與非的戰鬥，恨與愛的戰鬥，我們自己內心不能平衡，也是戰鬥，最後真理必定得勝。所以一篇小說的構成，如裡面人物沒有天人交戰的成分，好與壞都是一條線到底，這樣的作品，大概不會有什麼意思。

從楚辭以後，就到了漢朝的賦。因為賦是韻文，形式結構，有散文的傾向，我們在這裡不作介紹，不過漢朝的樂府，頗具研究價值。

　　樂府為《詩經》與楚辭的混合，它的五言，就等於《詩
經》裡的四言，它的七言長短句，就等於楚辭。漢高祖本身
就是非常喜愛楚聲的人，他那「大風起兮雲飛揚」的〈大風
歌〉，就充分表露出他帝王統治勝利的快樂。他第一次回到故
鄉，招集一百二十個兒童，以編了譜的唐山夫人的〈安世房
中樂歌〉來唱；這大概是中國最早的兒童合唱團了。這時，
開始有了樂府，但尚未定型，到漢武帝，以李延年為協律都
尉，請司馬相如撰詞，這才是皇家音樂院的開始。樂府在漢
朝特別發達，帝王的愛好有很大關係。樂府中分類也很多，
宮廷中先有音樂，然後配上歌功頌德的詞，以教化為主，文
學價值遠不如民間文學。它裡面最精華的一部分，正如同《詩
經》中的〈國風〉，楚辭中的〈九歌〉。如相和詩就是最好的
民間文學，還有鼓吹曲，是慷慨激昂之音；漢朝統一之後，
西域各種樂器都收集了來，必然須要悲壯的歌去配合它，不
過那純粹是軍樂。在馬上唱，有些用鼓，有些用角，可惜現
在這種樂譜已經失傳。

　　因為舊樂府不能唱了，唐朝時，新樂府興起。但是新樂
府也不可以唱，唐詩倒反可以唱，新樂府好像現在的方塊文
章，專門寫社會的民間疾苦。

　　漢代的樂府，有很多是反映孝思、兄弟手足之情、愛情、
戰爭、打獵……表現出老百姓內心真正的感情。現在我們讀
遺留下來的樂府，幾乎每篇都是十分完美，甚至我們現在文
學創作所用的技巧，那時都已有了。不過那時候沒有一個批
評家加以分析，如果現在的批評家把古典文學作品以新的眼

光去欣賞，一定可以發現更多的技巧。我們不必菲薄自己，西洋的作品固然很好，我們可以接受，可是我們要知道，我們自己的文學遺產也很豐富。

現在以〈豔歌行〉為例，提出討論，這是一首很完整和包容了一個十分有趣情節的五言樂府，這種樂府後來慢慢衍變為五言詩，它是這樣的：

> 翩翩堂前燕，冬藏夏來見。兄弟兩三人，流宕在他縣。
> 故衣誰當補，新衣誰當綻。賴得賢主人，覽取為吾絚。
> 夫婿從門來，斜柯西北眄。語卿且勿眄，水清石自見。
> 石見何纍纍，遠行不如歸。

這首詩是描寫兄弟二人在外縣流浪的思歸之情。前兩句是《詩經》中的興，看見眼前景色，引起感情。睹燕思歸，遊子情懷，所謂是鳥戀舊林，魚思故淵。居停賢夫人為流浪漢縫補舊衣，卻引起男主人的誤會，「斜柯西北眄」，心裡滿不是味兒。後面幾句為兄弟所言，要男主人不必懷疑，將來終有水落石出之日。最後兩句，點出全詩主旨，縱使水落石出，可是遊子思歸之情並不因此減少。在家千日好，出門一朝難，歸我故土，才能了卻離愁。詩雖短，而情感深刻豐富，文字含蓄優美，漢樂府大都如此。

樂府發展到東漢，五言詩已經成熟，因時間有限，無法評論，只提出三國時代的曹氏父子中的曹植，略作介紹。因建安時代的曹氏父子及建安七子中，以曹植的才氣最高，現

在舉出他〈贈白馬王彪〉的一首詩，加以討論。

> 心悲動我神，棄置莫復陳。丈夫志四海，萬里猶比鄰。
> 恩愛苟不虧，在遠分日親。何必同衾幬，然後展慇懃。
> 憂思成疾疢，無乃兒女仁。倉猝骨肉情，能不懷苦辛。

　　大家都知道曹丕與曹植兄弟的感情很不好，不僅帝王之爭，還有家務糾紛，他們之間傳說的故事很多。曹丕做了皇帝之後，對兄弟的猜忌很深，有一次他把曹彰、曹植、曹彪兄弟三人召進京去，毒死曹彰，放回曹植與曹彪，而不讓他們同路，曹植有感寫了這首詩。它的好處，在內涵的感情不但豐富深刻，而且曲折，對骨肉離析之情，曲曲道來，有時自慰，有時悲愴，最後仍難捨手足親情。一個人的感情，豁達中難免有傷感，豪放中也難免有悲懷，能夠把每種感情在作品中表現出來，才是真正性情之作。

　　由魏到晉，晉朝的詩人很多，在楚辭、樂府之後，古風非常發達，七言的古詩也很盛行。這裡我們只提出陶淵明作為代表。

　　陶淵明是一位無人不知的高風亮節的田園詩人。一般人認為他是逃世主義者，是悲觀的、消極的，但實際上，他是一位很積極的人，充滿了對人世的愛，充滿了對社會的關懷，他希望人間變成「桃源」世界，而不是自己遁入「桃源」。我們從他的〈桃花源記〉就可看出，「緣溪行，忘路之遠近，忽逢桃花林」，這就說明桃花源離人世間並不遠，同時也含有

人世間可以變成桃花源的意思。這裡所描寫的不若《鏡花緣》那樣脫離現實,「土地平曠,屋舍儼然。有良田、美池、桑竹之屬,阡陌交通,雞犬相聞。其中往來種作,男女衣著,悉如外人;黃髮垂髫,並怡然自樂。」可見那裡是非常有人情味的,並不拒人於千里之外,而是「延至其家,出酒殺雞作食」。在陶淵明的思想裡,人世間是大有可為,他並未絕望,他的精神是入世的。

陶淵明在〈歸去來兮〉中有不願為五斗米折腰之意,使人誤會他的怪僻,其實他不是不知道官場禮節,他在〈歸去來兮〉的序中說得很明白,「質性自然,非矯厲所得,飢凍雖切,違己交病。」他不能做不自然和違背自己志趣的事情,這就是他倔強的地方,他有儒家那種不屈不撓,刻苦耐勞的精神,所以回家之後,親自耕作,才體味到「晨興理荒穢,帶月荷鋤歸」的農家樂。此外,他還有與世無爭的道家出世思想,但沒有魏晉一般士子那樣虛偽。那時有錢的人盛行服用如現在迷幻藥之類的興奮藥五石散,吃後渾身發熱,就到外面吹風,才顯出他的雍容、悠閑,輕裘寬帶,有飄飄然之態。窮人吃不起,卻也要到風地裡去吹一吹,表示自己也吃過了。足見當時社會風氣的虛偽浮夸,陶淵明沒有這種壞習氣,他很率真:「少無適俗韻,性本愛丘山」,他之歸隱,性之使然,不是當時一般士子假裝歸隱,實際上是以退為進的姿態。宋朱熹就說,晉宋人物,一面清談,一面招財納貨,只有淵明率真不阿。一個「真」字,是寫作最大的原則,為文造情的文章,寫得再美麗,也不會有什麼內容。

　　陶淵明的詩不但真得可愛，還有悟道的境界。從他的〈擬古〉詩中，可見他年輕時有一番很大的事業心：「少時壯且厲，撫劍獨行遊」，說明了他少年猛勇奮發的抱負。戰國壯士，他獨傾心於荊軻，在〈詠荊軻〉一首後面四句，「惜哉劍術疏，奇功遂不成！其人雖已沒，千載有餘情」，惺惺相惜之情，躍然紙上。歸田之後，他的詩真情畢露，沒有一點造作，如〈懷古田舍〉中的「平疇交遠風，良苗亦懷新」，「微雨從東來，好風與之俱」，至於〈歸園田居〉的「結廬在人境，而無車馬喧，問君何能爾？心遠地自偏。採菊東籬下，悠然見南山！山氣日夕佳，飛鳥相與還。此中有真味，欲辯已忘言」，已臻化境，完全是悟道的境界。我們認為陶詩最可貴處，是情、景、理三者俱兼，有極高的文學價值。可惜他的作品在當時不曾被人看重，一直到宋朝，才受人推崇。我們研究他的詩文，用現在的眼光看，可以了解他的人生觀是積極的、奮鬥的，就是描寫田園也是欣欣向榮的。

　　陶淵明的作品開啟了後來的山水文學及五言古風，唐朝受他影響的最大的是杜甫。

　　杜甫的〈羌村〉三首，如第一首的：

　　　崢嶸赤雲西，日腳下平地。柴門鳥雀噪，歸客千里至。
　　　妻孥怪我在，驚定還拭淚。世亂遭飄盪，生還偶然遂。
　　　鄰人滿牆頭，感嘆亦歔欷。夜闌更秉燭，相對如夢寐。

看起來幾乎是陶淵明的作品，離亂後骨肉團聚的情景，刻劃

得入木三分。所以不論古今中外，作品中交融情、景、理，始能達最高境界。

　　唐詩人受陶淵明影響的還有王維，蘇東坡讚王維的詩是「詩中有畫，畫中有詩」。我們認為詩以情為主，畫以象為主，溝通兩者的是意，要有才情透過丹青，把意境從畫上表現出來。

　　王維有一首〈山居秋暝〉詩：

　　　　空山新雨後，天氣晚來秋。明月松間照，清泉石上流。
　　　　竹喧歸浣女，蓮動下漁舟。隨意春芳歇，王孫自可留。

這詩是描寫雨後秋景，主要表現的是安靜，但它靜的基調並不是死寂的，裡面的名物如明月、松樹、石頭，這些都可在視覺上感受到的，清泉、竹喧、蓮動，是可以聽的，有聲有色，才能入畫；王維本身就是音樂家、畫家、詩人，所以這首詩儘管是描寫安靜，但他用動來表現，而又不與靜的基調相衝突，這就是王維作品可貴處。他最好的詩是〈竹里館〉，《輞川集》中二十首裡面的一首。他在寫這詩時，殊不得意，因楊國忠當權時，曾一度被謗，受過很大侮辱，心情痛苦，隱居輞川，這一首詩可以代表他那時候的心情。

　　　　獨坐幽篁裡，彈琴復長嘯；深林人不知，明月來相照。

　　詩裡屬於動作的是獨坐、彈琴、長嘯，屬於景物的是幽

篁、深林、月照；充分的寫出了他的孤獨感，以彈琴和長嘯和唯一的伴侶月光，來表現他的孤獨，襯托出遺世獨立的心情。但我們又可從詩中看出，他不是甘心寂寞的人，所以他要長嘯，他要知音。很多畫家，常以這首詩作為題材。在另外一方面，他的四首〈少年行〉，極富戰鬥性。

　　㈠新豐美酒斗十千，咸陽遊俠多少年。相逢意氣為君飲，繫馬高樓垂柳邊。

　　㈡出身仕漢羽林郎，初隨驃騎戰漁陽。孰知不向邊庭苦，縱死猶聞俠骨香。

　　㈢一身能擘兩雕弧，虜騎千重只似無。偏坐金鞍調白羽，紛紛射殺五單于。

　　㈣漢家君臣歡宴終，高議雲臺論戰功。天子臨軒賜侯印，將軍佩出光明宮。

　　全詩意態昂軒，尤以「繫馬」「垂柳」很自然的溶合一起，就是一幅好畫；馬為驃騎，而垂柳柔軟不禁風，一剛一柔，表現得十分和諧，誠千古絕唱。
　　王維也有道家思想，跟陶淵明很接近。他有兩句很出名的詩：「行到水窮處，坐看雲起時」，可說是理、情混合的境界。又如「大漠孤煙直，長河落日圓」，大漠十分荒涼，孤煙

冉冉上昇，情景非常入畫，即油畫、水彩畫，也都可表現；落日之圓，有目共睹，並不稀罕，但在遼闊的黃河上看落日，就有一種蒼茫之感；孤煙是直的，落日是圓的，孤煙是灰的，落日是紅的，線條和色彩，都已全部呈露，這就是他的詩之所以有畫的道理。

　　提起盛唐詩人，沒有不提李白的。關於李杜的比較，專家們已說得很多，所謂李白是詩仙，杜甫是詩聖，李白是瀟灑飄逸的，杜甫是沉鬱的，李白是道家，杜甫是儒家；他們最不同的一點，杜甫對後來的影響遠超過於李白，杜甫的律詩做得特別好，李白是絕句好。如李白的〈下江陵〉：

　　　　朝辭白帝彩雲間，千里江陵一日還；兩岸猿聲啼不住，
　　　　輕舟已過萬重山。

如長江大河，滔滔而下，一點也不必修飾。不過他有一首〈敬亭獨坐〉，可能這首詩是他所有詩中最接近道家思想的作品，顯而易見，它跟李白其他的詩不一樣。

　　　　眾鳥高飛盡，孤雲獨去閒。相看兩不厭，惟有敬亭山。

這詩的意境很高，很有「悠然見南山」的悟境。

　　李白的身世也像是一個謎，有人說他是李廣之後，是唐朝宗室，後來被貶西域，到李白父親這一代，才偷偷的回到四川，他二十五歲才到山東一帶遊歷名山大川。賀知章很欣

賞他的詩，推薦給唐明皇，他在長安的三年，是最得意的黃金時代，高力士脫靴，楊貴妃磨墨，唐明皇親自拿手帕給他擦汗，是人生難得碰到的奇遇。李白雖狂，但也有人說，他的任俠，只有豪情，而無壯志。就我個人來說，是比較喜歡杜甫。人應有豪情，亦應有壯志，才能把握住自己個性；李白把握不住，後來隨永王李璘謀反，這是他的白璧之玷。得赦後流放夜郎，潦倒一生，傳說醉渡牛渚磯時，入江捉月而被溺死。李白在文學史上的貢獻，是七絕詩的唐音，唐朝的詩可以唱，是從李白開始的，而且影響了後來的宋詞。他的文學主張是復古，以他瀟灑、任俠、豪放的氣質，本應開創新徑，可是他適得其反，他有兩句詩說：「自從建安來，綺麗不足珍」，他又說「蓬萊文章建安骨」，但建安文章徒具詞藻之美，而無內容，他很反對，要復魏晉的古，所以他的古詩，多半學漢魏樂府；因為他沒有創造新的風格，作品的價值就不會太高；同時除絕句外，他的律詩並不很好，他一生律詩很少，而且詩中平仄不調，對偶亦不工整。

　　一種文學成了定型，有了時代意義，它必有其典型；杜甫造成了這典型，他的絕句不及李白，做不好絕句，他就做出很怪的調子，特別的不押韻；我們可以不必重視這點，取其律詩之長，對偶工整，常以疊韻來作對偶，感情非常深厚。此外，李白沒有深入民間，雖任俠豪放，卻不真正接觸民間疾苦，而杜甫經過悲哀的生活太多，他作品中社會意義最深的是三吏——〈新安吏〉、〈潼關吏〉、〈石壕吏〉，三別——〈新婚別〉、〈垂老別〉、〈無家別〉。〈秋景〉八首，只是文字

鋪張得好，社會意義卻沒有三吏三別那樣高。這裡特別要提出來的，是他的長詩〈北征〉，可以上比〈離騷〉，甚至筆法也有類似之處，一開始就是「皇帝二載秋，閏八月初吉。杜子將北征，蒼茫問家室」，就跟〈離騷〉開始時敘述自己譜系一樣。兩者所不同的地方，是〈離騷〉純為抒發冤屈的感情，〈北征〉卻有親身的經歷。一路上所見所聞，諸如民間受戰爭之苦，敵人的殘忍，描寫得入骨三分，可是筆鋒一轉，他又描路邊自然景物，寫秋菊，寫山景，「或紅如丹砂，或黑如點漆」。到家之後，又寫與家人相聚的悲喜，筆觸的細膩以至把孩子所穿的衣服都一一描繪了出來，「海圖拆波濤，舊繡易曲折，天鵝及紫鳳，顛倒在短褐」；他所寫的是從前的舊官服，大概因為太窮，修剪給孩子穿，使官服上所繡的圖案都弄顛倒了，這完全是寫實的作品。所以這首〈北征〉的詩，一定是杜甫事過境遷，痛定思痛之後才寫的；在當時心情紊亂的情形下，很難能寫得如此傳真。接著他又描寫取出替妻子買回來的脂粉的情形，「瘦妻面復光，癡女頭自櫛。學母無不為，曉妝隨手抹。移時施朱鉛，狼藉畫眉闊」，小孩把脂粉拿來亂擦，擦得臉上完全變了樣子，寫得非常有趣，它是寫實的，有很深的感情，是帶淚的笑，它跟〈離騷〉一樣，也是很亂，一忽兒寫高興的事，一忽兒又寫悲傷，一忽兒寫離亂，一忽兒又寫奮鬥的精神。

　　他的〈聞官軍收河南河北〉，也是古今膾炙人口的作品：

　　　劍外忽傳收薊北，初聞涕淚滿衣裳。卻看妻子愁何在？

漫卷詩書喜欲狂。白日放歌須縱酒，青春作伴好還鄉。
即從巴峽穿巫峽，便下襄陽向洛陽。

這首詩最成功的地方是情真感人，它那驚喜交集的情景，歷
歷如繪。有人把它最後兩句與李白的〈下江陵〉相比，我們
認為沒有比較的必要，因為〈下江陵〉是絕句，就像現在的
短篇小說與長篇一樣，是無從比較的。我們可以想像到杜甫
當時的心境，他來不及修飾文字，只望能一路順風的下去，
就直接寫出來了。

　　這首詩還有一個特點，是對偶工整。律詩對句向來是三
四五六相對，他這首連七八兩句也對得很好。而且他用七陽
韻，一般用韻，凡是欣喜皆用七陽高亢之音，可見杜甫是很
懂得運用音韻的大詩人。

　　我們現在有一種常用的文學上新的手法，就是時空顛倒
錯綜，如意識流之類的技巧；最新的電影導演方法，也多傾
向於此，使我們的思想與感情很難追索。杜甫的詩也有這種
技巧，他的〈月夜〉就是如此。

今夜鄜州月，閨中只獨看。遙憐小兒女，未解憶長安。
香霧雲鬟濕，清輝玉臂寒。何時倚虛幌？雙照淚痕乾。

　　杜甫是一位忠君愛國的詩人，安祿山之亂，唐玄宗奔蜀，
他也跟著逃到四川。他的老家在陝西鄜州，他想回家看看，
結果在長安被俘。這詩就是在被俘的那段日子中寫的，身在

長安，而抬頭看到的是鄜州的月，這就是時空跳躍的手法。更傳神的是他不說自己如何懷念妻兒，而描寫妻兒懷念他的情景，而且只閨中獨看，因為他想像兒女是否懂得也跟他懷念他們一樣的懷念他。他這種技巧，把意識方面昇華的感情，全都表現了出來。

晚唐的李商隱，他也有很多用這手法表現的詩，他的〈錦瑟〉詩，使人有不可捉摸之感，究竟說些什麼，很難猜測，他的〈夜雨寄北〉：

> 君問歸期未有期，巴山夜雨漲秋池。何當共剪西窗燭，卻話巴山夜雨時？

這首詩說的是他人在巴山，朋友問他何時回去他不知道，他寫這詩時巴山正在下雨，他想將來回去之後，在朋友的西窗夜談中，再回憶他當年在巴山寫這首詩時的情景。這也可說是時空的跳躍。

像這種表現技巧，在我們古詩裡，不知道有多少。感情的錯綜複雜，古今中外都是一樣，只是我們那時沒有摩登的名字，稱它什麼什麼流。其實也不必要依照文學理論和批評寫文章，文章寫出來之後自有文學評論家去分析，這樣，對寫作的人可以減少精神負擔。每位作家都有他自己思想的路線，至於技巧，觀摩之後，自可創新。所以杜甫到晚年的時候自己說：「新詩改罷自長吟」，「晚節漸於詩律細」，他真是「語不驚人死不休」！

　　杜甫很重友情，他有四十四首寫給李白的詩，李白比他年長，他尊之為老前輩；可是李白送他只有幾首詩，從此可以看出杜甫有深厚的儒家的感情。他在文學上的主張是開新的，他曾說：「不薄今人愛古人，清詞麗句必為鄰。」意思是不論新舊，好的總歸是好的。那時有種風氣，罵齊梁文學和唐初四傑，杜甫卻做了一首詩：

　　　　王楊盧駱當時體，輕薄為文哂未休。爾曹身與名俱滅，
　　　　不廢江河萬古流。

他這種獨排眾議，不隨流逐波的擇善固執，才是文學家真正的典型，雖然他離開我們這麼久，但仍足為今日我們從事文學的朋友們的師法。

　　唐朝的詩，大體上不出李、杜範圍；尤其杜甫的三吏三別到後來影響了中、晚唐的詩，白居易、元微之的新樂府，完全是承受了杜詩餘緒，那種作品像現在的小方塊，小小的一篇作品，就含有諷誡之意，言之者無罪，聞之者足以戒，他們用文學的體裁表現出來，很值得我們現在從事報章文藝工作者效法。

　　最後我們談到詞，從下面幾個名字，我們就可以明瞭詞的意義了，曲子、詩餘、倚聲、長短句。

　　先從曲子說，開元中，王昌齡、高適、王之渙幾個人在旗亭飲酒，忽然來了幾個伶官唱詩，高適他們說誰的作品唱得多，就表示誰作品最受人歡迎。結果王昌齡被唱兩首。王

之渙又說，最美麗的伶官唱的作品也最美麗，於是王之渙的
〈涼州詞〉：

> 黃河遠上白雲間，一片孤城萬仞山。羌笛何須怨楊柳，
> 春風不度玉門關。

被最美麗的伶官唱了出來。

　　我們在上面已經說過，唐的樂府因樂調已失，不能唱，
唐詩反而能唱。那時的所謂曲子，是詩人的作品，經教坊作
曲家配音，加上幾個襯字，本來是七個字一句，加上兩三個
襯字，使它變成長短句。這時詩人就想到，既然這種曲子這
麼受到歡迎，就開始主動的創作。像宋人姜白石所說那樣，
「自製新詞韻最嬌，小紅低唱我吹簫」，這種旖旎的風光，到
宋最盛。不過這風氣是始於唐，劉禹錫曾對白居易說過：「勸
君莫奏前朝曲，聽取新番〈楊柳枝〉」，其實〈楊柳枝〉是絕
句，不過音調好聽而已。

　　很多詞曲都是從詩裡變化出來的，如〈浣溪紗〉、〈鷓鴣
天〉、〈生查子〉等皆是。比如〈雨霖鈴〉是唐明皇的「夜雨
聞鈴斷腸聲」中而來，他送一盒珍珠給梅妃，就有了〈一斛
珠〉的調，這一類是官家做的調，也都是曲子。上面所說的，
就是所謂詩餘。

　　至於倚聲，是照著音調，把詞填進去的意思。

　　另外有個詞的來源，是外來樂。晚唐以後，經過五代，
到宋初大統一，歌曲多了，樂譜也多了，樂器也隨著增多，

同時詩不能滿足文人的歌唱及寫作的慾望，民間的需要，於是詞風大盛。

宋朝的詞以戰鬥意識來說，自然首推岳飛的〈滿江紅〉，但這首詞後來有人發現可能不是武穆的作品，如李陵〈答蘇武書〉那樣是後人假托的。其可疑之處是這詞在武穆的集裡沒有，還有賀蘭山的地理位置不對；然而這說法亦有存疑的地方，也許當時他那種慷慨激昂之詞，由於政治環境不便收入集子；同時文人為文往往用借題手法，以賀蘭山代表黃龍亦未始不可。所以這首詞，我們不必言其真偽，只求其藝術價值與主題意識。我們都知道，〈滿江紅〉全是靈空著筆的抒情，只有「瀟瀟雨歇」四字是寫景的，然而短短四字，涵義至深，令人有雨過天青之感，雨時的鬱悶已經消失，象徵新局面，新希望的來臨。

李清照論詞，連蘇東坡在內，所有詞人的作品，似乎都不理想，不過我們就詞論詞，每個詞人都各有其身世、性情、技巧。現以北宋末年辛棄疾的〈水龍吟〉，來作一個例證：

> 楚天千里清秋，水隨天去秋無際。遙岑遠目，獻愁工恨，玉簪螺髻。落日樓頭，斷鴻聲裡，江南遊子，把吳鉤看了，欄杆拍遍，無人會，登臨意！　休說鱸魚堪膾，儘西風季鷹歸未？求田問舍，怕應羞見，劉郎才氣。可惜流年，憂愁風雨，樹猶如此！倩何人喚取，紅巾翠袖，拭英雄淚！

　　特別提出這首詞，是因為詞中情意，與我們此時此地自由區遙望淪陷區的情形太相似了。〈水龍吟〉是辛棄疾的代表作，裡面充滿了匡復故國的心懷。

　　總括一句，我國的舊詩詞並不是消極的，許多慷慨激昂之音，或啟發性靈的優美詩篇，正充滿了積極奮鬥的意識。就在乎你從那個觀點欣賞它們了。

　　　　　　　（本文為演講稿，由盧克彰先生筆錄。）

婉轉詞心

　　我國的詩歌，自《詩經》、楚辭、樂府、古風，以迄於唐代的絕律，寫意愈來愈含蓄，辭句愈來愈精美，音調也愈來愈鏗鏘。唐朝的絕句，都被名姬傳誦歌唱。詩人們也以自己的作品能得她們歌唱為榮。中唐以後，唱詩的風氣愈盛。像白居易、劉禹錫等大詩人，還特地為名媛作歌詞，供她們歌唱。唱的調子，有時採用地方歌謠，有時套用西域傳來的歌曲。為了配合調子，為了婉轉動聽，歌者往往在唱的時候，隨意加上「和聲」或「襯字」。漸漸地，詩的字數句讀也起了變化。加以富於創造性的詩人們，為了使自己的詩能多被歌唱，就大量採用民歌與外樂，改變律絕的整齊句法，使之長短參差，更多抑揚頓挫之妙。像張志和的〈漁歌子〉，白居易的〈憶江南〉、〈花非花〉，劉禹錫的〈竹枝詞〉，就是傳誦一時的新體詩，也就是詞。劉禹錫曾贈白居易詩云：「勸君莫奏前朝曲，聽取新番〈楊柳枝〉。」所以〈楊柳枝〉也是當時最

盛行的調子之一。因此初期的詞，大部分是從律詩、絕句脫化出來的，所以詞也稱詩餘。意即律絕之後的新體詩，句法既多變化，故也稱「長短句」。正如五四時代新月派的新詩，是從詞脫化出來更自由的新體詩。詩餘又稱「曲子」、「倚聲」，因為是要配音樂歌唱的。由這幾種名稱，我們可以知道詞比詩更活潑，更帶有音樂性，更富於感情，卻是更含蓄的感情，其意味常在欲言未言之間。不像詩，時常一語道破，總覺餘味無多。

王國維《人間詞話》以最精簡的幾句話，把詩與詞作個比較。他說：「詞之為體，要眇宜修，能言詩之所不能言，而不能盡言詩之所能言。」「要眇宜修」的意思，就是纏綿婉轉，含蓄蘊藉。許多感情，許多意境，在詩裡所不能表達的，在詞裡都可曲曲折折地表達出來。卻又不像詩說得直率、淺顯。所以說「不能盡言詩之所能言」。不是「不能」，而是「不肯」。故意使那一分低徊往復之意，隱藏於字裡行間。讓讀者深深品味，別有會心。

現在舉幾個例子作為比較。杜甫有兩句詩：「花飛有底急，老去願春遲。」是埋怨春天來得太快，也去得太速，春天去了，人也更老了。所以希望春天能暫時停留。含意已相當悽婉。但再看看宋詞人辛棄疾的〈摸魚兒〉：「更能消幾番風雨，匆匆春又歸去。惜春長怕花開早，何況落紅無數。」一連以四句反反覆覆地道出對春的惓戀，一分無可奈何之情，豈僅傷春而已。比起杜甫的兩句詩，便顯得更深遠、更委婉了。又例如杜甫的〈羌村〉三首中句：「夜闌更秉燭，相對如

夢寐。」若以晏小山的〈鷓鴣天〉最後二句：「今宵賸把銀釭照，猶恐相逢是夢中。」與之相比，則後者自較前者饒有情趣。因為「秉燭」是一種簡明的敘事方式，「銀釭照」卻是有光、有影、有閃爍的彩色，與人以鮮明形象。「相對如夢寐」是率直的說出感慨，「猶恐相逢是夢中」則是一分戰戰兢兢的心情，給予讀者的感受自是不同。再舉個例：石曼卿的詩：「水盡天不盡，人在天盡頭。」是連續句法，技巧已頗高妙，被他的朋友歐陽修一化開，卻成了：「平蕪盡處是春山，行人更在春山外。」越發的玲瓏活潑，意味深長。

　　我想詞之所以比詩婉曲多姿，也許與詞的合於音律有關。歌唱能唱出心聲，九曲迴腸的纏綿情意，必須以一唱三嘆的音樂傳達。晚唐的溫庭筠，就是懂音律的，他代歌姬作詞，道出女兒家的心情。北宋的柳永，更是個音樂家。前者樹立了小令的規模，後者是慢詞的大師。至於周美成與姜白石，更是精通音律的大詞人。姜白石曾有一首膾炙人口的詩：「自製新詞韻最嬌，小紅低唱我吹簫。曲終行盡松林路，回首煙波十四橋。」那一分旖旎風光，令人神往。他的〈暗香〉、〈疏影〉詠梅花詞，便是他的自度曲，也是他的代表作。他的詞不但本身是歌曲，就連詞前面的小序，也是最精美的散文詩，讀來鏗鏘有聲。作詞有序，是白石的特色。

　　詞調的名稱，有的是就歌詠的對象而定，比如〈暗香〉、〈疏影〉詠的是梅花，取自林和靖詩「疏影橫斜水清淺，暗香浮動月黃昏」之句。〈憶江南〉是懷念江南風物。〈漁歌子〉是詠漁翁優游生活。〈更漏子〉是寫夜闌人靜的情調。〈臨江

仙〉是描寫水仙的姿態。(希臘神話裡說水仙是河神之子,因迷戀自己美麗的水中倒影,直到消耗盡了生命力,變成開白花的芬芳水仙。與臨江仙三字,不謀而合。) 又如〈巫山一段雲〉是寫巫峽風光。〈醉公子〉是描繪公子酒後醉態。〈點絳唇〉、〈相見歡〉是寫閨中濃情蜜意。〈千秋歲〉是賀壽,〈賀新郎〉是賀新婚,同調另名〈金縷曲〉是寫別離情緒。這一類詞調原都是本意詞,即內容與調名切合,後來就只用調名,內容不拘了。這都是社會繁榮,歌舞昇平中的產品。曲調廣為傳播普遍以後,詞人們又不滿足起來,就轉而從詩中掇取題目了。例如〈滿庭芳〉取自「滿庭芳草易黃昏」,〈踏莎行〉取自「踏莎行草過清溪」,〈西江月〉取自「如今惟有西江月」,〈玉樓春〉取自「玉樓妝罷醉和春」。也可看得出詩與詞的血緣關係。像〈生查子〉本來就無異五言絕句。〈浣溪紗〉從七言絕句化出,〈鷓鴣天〉從七言律詩化出。故在五代《花間集》中特別發達。

　　非常逗人遐思的是,有些詞調,包含著一段美麗或淒涼的故事,且舉一二則如下:

　　〈荔枝香〉:唐明皇為慶祝貴妃的生日,命樂工制新曲演奏以博貴妃歡心。曲成後想不出調名,正巧南國使臣進貢新鮮荔枝,因為貴妃是最喜歡吃荔枝的,明皇遂題名此曲為〈荔枝香〉。 杜牧之有詩云 :「一騎紅塵妃子笑 , 無人知道荔枝來。」

　　〈一斛珠〉:明皇自寵幸貴妃以後,不由得冷落了高潔自持,孤芳自賞的梅妃。有一天,明皇在花萼樓上忽然想念起

梅妃來，正值番邦使臣進貢珍珠，明皇就命揀一斛最圓潤的珍珠賜與梅妃，梅妃睹物思人，百感叢生，遂作詩一首回報明皇：

> 柳葉雙眉久不描，殘妝和淚濕（或作暗）紅綃。長門鎮（或作盡）日無梳洗，何必珍珠慰寂寥。

明皇讀詩後，慚感交集，乃命樂工譜一曲，調名〈一斛珠〉。

〈雨霖鈴〉：《楊妃外傳》載，貴妃於馬嵬坡前自縊以謝國人以後，明皇悲痛萬分。幸蜀時行經棧道，在霖雨中聽到淒清的鈴聲，心中悼念楊妃，因自作〈雨霖鈴曲〉。正是白居易〈長恨歌〉中所說的：「行宮見月傷心色，夜雨聞鈴斷腸聲。」杜牧之也有詩記其事：「零葉翻紅景樹霜，玉蓮開蕊暖泉香。行雲不下朝元閣，一曲淋鈴淚數行。」

像這類詞調中所含的故事，千載後讀之，猶令人發思古之幽情而俯仰低徊不已。

廚川白村氏說：「文學是苦悶的象徵。」個人認為，詞是文學中最足以象徵苦悶抑鬱的。因為詞的本色是婉約、蘊藉、柔媚與纏綿，尤其是小令。例如五代詞人牛希濟的〈生查子〉：「語已多，情未了，回首還重道，記得綠羅裙，處處憐芳草。」一對情人離別時，回過頭來再三叮嚀，不明言對戀人如何思念，卻只說惦記她所穿的綠羅裙。惦念綠羅裙，連和羅裙顏色相似的芳草也憐惜起來了。也可以解作女的盼望

對方千萬別忘記她，不但不忘記，連和她羅裙一般色彩的芳草也應當憐惜。這是多麼纏綿的情意啊，柳永的「衣帶漸寬終不悔，為伊消得人憔悴」是何等溫柔敦厚，馮延巳的「起舞不辭無氣力，愛君吹玉笛」，有一分「士為知己」的高潔情操。就連「換我心，為你心，始知相憶深」，雖然明白淺顯，也比時下流行歌曲中「我愛你愛到死」含蓄典雅多了。

　　最後，我要強調，詞既然如此曲折婉轉，能道出你深埋心底的情意，以女性的靈心善感，溫柔細膩，實在最最相宜於吟誦詞，興來時亦無妨試填一闋，以寫閑情。誰都知道賦「只恐雙溪舴艋舟，載不動，許多愁」的北宋女詞人李清照，和賦「一卷〈離騷〉一卷經，十年心事十年燈」的清代女詞人吳藻香在詞壇上不朽的地位，固然由於她們橫溢的才情，而她們生為女性，對一事一物的觀察入微，一往情深，也未始非原因之一呢？

　　記得當年恩師曾啟迪我說：「你不一定要做詞人，卻必須培養一顆溫柔敦厚、婉轉細膩的詞心。對人間世相，定能別有會心，另見境界。正如你不必要是一個宗教信徒，卻必須有一顆虔誠、懇摯的心。」

　　儘管數十年來勞人草草，而恩師此語，時時在心。故每於遭逢困頓時，或寂寞孤單中，朗誦幾首心愛的詞，便覺雲開見月，路轉峰迴。其功效與跪在神像前，俯首祈禱無異。

　　人生不如意事常八九，性格再開朗的人，也有愁懷難遣之時，正所謂「誰道閑情拋棄久，每到春來，惆悵還依舊」。惆悵來時，吟誦一兩首詞吧。

李白〈菩薩蠻〉詞欣賞

　　說到唐代的詞，就不能不首推李白的兩首詞：〈菩薩蠻〉與〈憶秦娥〉。固然，此二詞是否李白所作，歷來詞家，懷疑的人很多。胡適之先生在〈詞的啟源〉裡，據《杜陽雜編》說〈菩薩蠻〉非李白手筆。劉融齋也說：「〈菩薩蠻〉、〈憶秦娥〉，足抵杜陵〈秋興〉，想其情境，殆作於明皇西幸之後。」吾師夏承燾先生說，詞在盛唐，尚屬萌芽時期，像柳範的〈折桂令〉，沈佺期的〈回波詞〉，只能算是六言詩。到了李白，詞的結構、韻調，不會一下子就這麼完整，就是說，不會一下子進步得如此之神速。尤其像〈憶秦娥〉中的「西風殘照」，「漢家陵闕」之句，在詞初起時期，似不能有如此大氣魄的句法。連比李白晚的中唐詩人白居易的詞，也只有像〈憶江南〉、〈花非花〉等輕快的小令。所以他也懷疑此二詞非李白手筆。實在說來，以李白這樣一位高冠岌岌的大詩人，並不是不能作出如此繁音促節，長吟遠慕的好詞。只是以詞體

的演進看來，盛唐時代，詞尚初具雛形，李白縱然才高，也不會作出五代北宋的詞來。何況他的〈清平樂〉，也有許多證據，證明非他所作。如果李白已作如此成熟的詞，何以終中晚唐的詩人，就再沒有類似的創作了呢？如此看來，此二詞十之八九是後人偽托的了。

現在我們且不管二詞的作者誰屬，只來把它作一番欣賞。我特別喜愛的是這首〈菩薩蠻〉，現先將原詞引錄於後：

> 平林漠漠煙如織，寒山一帶傷心碧。暝色入高樓，有人樓上愁。　玉階空佇立，宿鳥歸飛急。何處是歸程，長亭更短亭。

上片第一二三句寫景，漠漠的平林，迷漫著如織的煙霧，山是「寒冷」的，寒冷的山是碧綠的，他以傷心二字形容碧，把一座寂寞的山當作有知覺的人看待，擬人的句法格外生動富感情。煙霧是灰白的，山色是碧綠的，暝色呢，是蒼茫的，如此一筆一筆地，畫出了傍晚的氣氛，主要的是為渲染第四句最後的一個愁字。有一個寂寞的閨中人，獨自倚著欄干，夜色漸漸濃重，終於籠罩了整個高樓，看一個「入」字尤妙，因為明明是樓上人向遠處望，作者卻故意從遠處寫到近處，有如電影鏡頭，逐漸拉近，最後落到「人」身上。其實，一切景色都是由樓上人眼中看出的。這種倒敘的筆法，效果特佳。

下片由高樓寫到玉階，是這個孤獨的人兒下樓來了，「玉

階」也給人一種寒冷的感覺，她無情無緒地站立在階前，抬頭望投林的歸鳥，急急地飛回巢去，暮色已濃，一切都歸於靜止了。因此想到遠方的伊人，現在究竟行蹤何處呢，他為什麼還不回來呢？「宿鳥」是陪襯的景物，更使她觸景生情，鳥兒都知道回家，人反而不知道回家，與古詩的「枯桑知天風，海水知天寒」，一樣筆意，無限思念幽怨之情，含而不露，所以為上乘的作品。

　　就章法而論，上片是由遠拉到近，下片是由近推到遠。上片是由高處望遠，下片是由低處望上，是非常有層次的。有人認為上片是寫樓上少婦懷念遠人，下片是遠方征人懷念家中少婦。如此解法固無不可，但在情調上就不能貫穿。上片的平林、寒山、暝色與下片的宿鳥、長亭、短亭就連接不起來，時地不一致，情調尤為不統一，所以我認為是寫的一人一地，而不是寫的兩人兩地。上片寫景色，下片歸於人事，上片是象徵的手法，下片是寫實的手法，讀者可玩味而自得之。

無計留春住

　　歐陽修的〈蝶戀花〉後半闋：「雨橫風狂三月暮，門掩黃昏，無計留春住。淚眼問花花不語，亂紅飛過秋千去。」他眼看飛紅片片，春天留不住，不由得熱淚盈眶，沒想到這位大政治家、大文豪，他的詞竟是如此柔婉多情。

　　春天不經心地來，又靜悄悄地走了，不知逗引起多少人的眼淚，費了詞人多少筆墨。卻仍舊沒有把春天留住。這也就是惜春、送春的詞，永遠寫不完，卻首首有不同的造境與風格，首首叫人迴環雒誦，感慨彌深。

　　整個人生似白駒過隙，何況短暫的春天。春天象徵人生的盛年，春天過去了，盛年也過去了。張玉田說：「春風且伴薔薇住，到薔薇春已堪憐。」他吩咐東風陪伴薔薇，讓薔薇慢慢兒開放。但儘管慢慢兒開放，開到薔薇，春光已所剩無幾，無限惋惜之意，就包含在短短十四個字中了。

　　黃山谷也有一首〈清平樂〉：

春歸何處，寂寞無行路。若有人知春處，喚取歸來同住。……

蘇東坡有一首送行的詞寫道：

才始送春歸，又送君歸去，若到江南趕上春，千萬和春住。

別離本來是傷感的，春歸亦令人惆悵，可是他卻一面送春，一面送行。還叮囑朋友趕到江南，趕上春天和春同住。寫得輕鬆有情致。與山谷詞有異曲同工之妙。

南宋初年的辛棄疾，有一首〈粉蝶兒‧和趙晉臣敷文賦落花〉：「記年時送春歸後，把春波都釀作一江紅酎，約清愁，楊柳岸邊相候。」

他把春天寫活了。說春把江水釀成酒，又約它相候在楊柳岸邊，自然是捨不得它的逝去，卻不作愁苦語，才華風格，自是不同。

辛棄疾是南宋的愛國大詞人，他的詞，多以外界景物，寄托他的抱負，和無窮的家國之痛。所以他的詞有豪放也有沉咽。例如：「斷腸片片飛紅，都無人管，更誰勸流鶯聲住。」是非常沉咽的低調。而最著名的〈摸魚兒〉，卻是以豪放之筆起句：「更能消幾番風雨，匆匆春又歸去。惜春長怕花開早，何況落紅無數。……」全首詞表面上是寫一個女子對景傷情，感懷身世，實際上是寄托他滿腔孤忠愛國之思。風

雨是暗指金人南侵，春則比喻轉瞬即逝、必須把握反攻復國的機運。所以他的惜春詞與其他人的不同。讀來格外委婉、蘊藉，而且語重心長。正如他的另一首〈蝶戀花〉，後半闋尤為沉咽：「春未來時先借問，晚恨開遲，早又飄零近。今歲落花消息定，只愁風雨無憑準。」寫的是立春，卻是滿懷愁緒，深怕春歸也就是暗示良機不易。所謂「風雨無憑準」者，可能是譏諷朝廷和戰政策拿不定，使他憂心似擣。

　　他的〈祝英臺近‧晚春〉的最後三句：「是他春帶愁來，春歸何處，卻不解帶將愁去。」這個春，可能是指金人，也可能是指主和派的朝臣，意蘊之深，總在欲言未言之間，讀者吟哦再三，自可體會他深沉的感慨。

　　像這樣的惜春詞，就斷非承平時代的詞人，吟風弄月之作所可比擬的了。像北宋的張子野，他的〈天仙子〉寫的是：「沙上並禽池上暝，雲破月來花弄影。重重翠幕密遮燈，風不定，人初靜，明日落紅應滿徑。」惋惜春天的匆匆消逝，感慨自己的年華老大，往事成空，詞意固婉曲，可是究竟是個人的身世之感，不像辛詞那樣有無限言外之意，所以境界也就不及辛詞高了。

　　王國維先生《人間詞話》中說：「詩人對於宇宙人生，須入乎其內，又須出乎其外。入乎其內，故能寫之，出乎其外，故能觀之。入乎其內，故有生氣。出乎其外，故有高致。」又說：「詩人必有輕視外物之意，故能以奴僕命風月，又必有重視外物之意，故能與花鳥共憂樂。」詞人對於春花秋月，風雨陰晴，真可說能入乎其中，出乎其外。蘇東坡吩咐朋友

到江南趕上春，和春住，辛幼安約春愁相候於楊柳岸邊，正
是一面以奴僕命風月，一面與花鳥共憂樂的情懷呢！

詩詞中的巧妙寫景法

　　描寫景物，第一要能鮮明具體，第二要帶有感情，梅聖俞所謂的「狀難言之景，如在目前，寫不盡之意，見諸言外」便是此意。第三更要於動中寓靜，靜中見動。比如吳夢窗〈風入松〉的最後四句：「黃蜂頻撲秋千索，有當時纖手香凝。惆悵雙鴛不到，幽階一夜苔生。」就同時具備了上述三項條件。他寫眼前景色，所點出的名物是黃蜂、秋千索、幽階、青苔。因聯想而產生的是美人的纖手與盼待中的雙鴛。黃蜂頻頻撲向秋千索，是因為秋千索曾經美人玉手捏過，因而美人當時蕩秋千的美妙姿態也就立刻顯現在我們眼前了。秋千索上餘香猶在，美人卻在何處呢！以黃蜂繞著秋千索飛舞的熱鬧動態，所表現的卻是離情別緒的空虛悵惘之感。語意又是非常含蓄。（畫家畫三兩蝴蝶繞著馬蹄飛舞以托出「踏花歸去馬蹄香」的詩意，與「黃蜂頻撲秋千索」之句正是一樣的匠心，一以畫表現，一以文字表現。）幽階的青苔在一夜之間便生

長起來，也是動態之筆，其寓意有二：一則以青苔象徵愁的
孳長，愁的濃重，二則暗示夜的悠長，長得青苔都長出來了，
究竟是一夜兩夜，已無法計算，這是盼待者的心理狀態，迷
迷糊糊的，只感到夜長無盡，而雙鴛渺渺，盼也盼不到。寫
景色而人物自然包含其中。夢窗詞多雕繪滿眼，濃得化不
開，故有七寶樓臺之譏。而此詞婉約空靈，反見得真情流露
的可貴。

　　辛棄疾被認為豪放派詞人，因才情超越，信手拈來，都
以活筆寫景。如〈漢宮春〉中「春已歸來，看美人頭上，嬝
嬝春幡」，「卻笑東風從此便薰梅染柳，更沒些閒。閒時又來
鏡裡，轉變朱顏。」〈粉蝶兒〉中「昨日春如十三女兒學繡，
一枝枝不教花瘦」等句是有意用擬人之筆，多少帶點比喻與
象徵，尚不是景物本身的動態。在他詞中，動態寫景法最好
的例子當推一首〈鷓鴣天〉，現將全詞錄後：

　　　陌上輕桑破嫩芽，東鄰蠶種已生些。平岡細草鳴黃犢，
　　　斜日寒林點暮鴉。　　山遠近，路橫斜。青旗沽酒有人
　　　家。城中桃李愁風雨，春在溪頭薺菜花。

　　全首詞都是寫景，而展現在讀者眼前的，不是一幅靜止
的畫面，而是一幕幕動的情景。第一句只著一「破」字，桑
枝破出了嫩芽，春一天天深了。時間在流動，在進展。第二
句由嫩桑立刻想到小蠶，而以動問的口吻問小蠶是否一天天
在長大了。那麼養蠶的人也開始忙碌了。景致後面顯出多少

人物在活動。第三句的平岡、細草是「靜」物，而黃犢是「動」物，黃犢在鳴叫，在行走吃草。第四句的斜日、寒林、暮鴉，是紅日西沉飛鳥投林，由動趨於靜的狀態，予人的感受是寂寞與荒涼，著一「點」字，境界全出。下片「山遠近，路橫斜」二句，如改為「山寂寂，路遙遙」便索然無味了，「遠近」「橫斜」四字，看似寫景，其實是由景跳到人，由人的眼中望著山與路，山是忽遠忽近的，路是彎彎曲曲的。活躍跳動的畫面，就如同電影鏡頭，把你帶到飄著青旗的沽酒人家，現在你也隨著作者的筆，被帶到酒店之前了。這裡，又看見了滿溪頭盛開的薺菜花，不由得心曠神怡，一時又想起城中的桃李，愁風愁雨，那比得野生的薺菜花自由自在呢？此二句的好處有三：第一、他以跳躍之筆，寫出內心忽而溪頭，忽而城中的流動意識。先寫想像中的桃李，後寫眼前的薺菜花，次序是顛倒的，頗合於近代意識流的筆觸。而最後一句薺菜花，又隱隱與第一句陌上嫩桑色澤相映照，錯綜中自然有其理路次序，非大手筆不能及。第二、以多人追逐的桃李，與無人注意的寂寞野花相對比，見得他心境的淡泊，有空山無人，水流花放之慨。第三、愁風雨暗喻時局之未能澄清，風雨陰晴不定，使這位傷時憂國的詞人心情十二分沉重，可是他是充滿希望的，「春在溪頭」正是他對時局明朗化的寄望。如王碧山的「縱飄零滿院楊花，猶是春前」，是同樣的積極思想。

　　全首詞以動態的寫景，烘托出人物的活動，也寄寓了作者對景物的感觸，正合乎我前文所舉的三種條件。

　　現在再來舉一首詩為例：王維的詩，被東坡譽為詩中有畫，畫中有詩。他詩中的畫也是動的而不是靜止的，例如他的〈山居秋暝〉五律：

　　　　空山新雨後，天氣晚來秋。明月松間照，清泉石上流。
　　　　竹喧歸浣女，蓮動下漁舟。隨意春芳歇，王孫自可留。

　　寂靜空山中的秋雨，本來最引人愁緒，落筆之際，常易帶蕭疏之氣，可是王維這位深悟禪理的大詩人，寫來卻充滿了光亮、聲響、和人物的動作。「明月松間照」是色，「清泉石上流」是聲。「照」與「流」就是無休止的動態。顯出大宇宙的無聲之聲，靜中之動。「竹喧歸浣女，蓮動下漁舟。」由景色轉到人事。浣紗的女子在竹林中吱吱喳喳地說著話兒歸去，漁船在蓮花叢中划動了。上一句是聽覺，下一句是視覺。這是多麼悠美的一幅圖畫，人物、景色是如此的鮮明、絢麗、熱鬧、活潑。而這一切與他內心所體認到的靜的基調並不抵觸。最後「隨意春芳歇，王孫自可留」這個「歇」字點明由繁華歸於寂靜，他但願久留於此境界之中。

　　這首詩也合了寫景鮮明具體、有感情、與靜中有動的三項條件，也是寫景技巧的最高表現。

讀《家變》

　　王文興的《家變》，我是好奇而讀，也是慕名而讀。看了一期以後，我就感到很奇怪，為什麼他要把文字搞得這樣顛三倒四，而且又是注音符號，又是羅馬拼音。是有意捉弄讀者、虐待讀者呢？還是另有一番高深的道理？有的人解釋說，他是企圖打破文字組合的常規，以及詞彙、常用語的顛倒，以表現一個家的變，是一種嶄新的嘗試。我嘆口氣說：「真是世變，世變哉！」

　　我雖是個教「之乎者也」的國文老師，頭腦倒並不太冬烘，一向是「不薄今人愛古人，新詞麗句必為鄰」。看《家變》時，開始是抱著輕鬆欣賞的心情，繼之以認真研究的態度。手裡一支紅筆，認為精彩之處，圈圈點點，遇到彆扭之處，勾勾槓槓。直到後來，勾不勝勾，槓不勝槓，而故事的內容也壓得我心情愈來愈沉重，我幾乎不忍卒讀了。平心而論，王文興對故事的結構，人物心理的刻劃，主題的把握確

實是有他一番匠心的，可是他用如此怪異的文字來表現，是否能增加他預期的效果呢？

《家變》刊完以後，就先後有顏元叔、歐陽子諸先生的評介，我都仔細拜讀了。接著又是《中外文學》十三期的座談記錄。聽說還將有更盛大的座談會。《家變》能掀起這股討論的熱潮，實在是文壇的好現象。我所期待的是批評立論的公正，無論師友，或王文興的受業弟子，都能各自發揮卓見，而不強作解人。讀者諸君，更要以自己的眼光批評「作品」，也批評「批評文章」。我想有興趣、有耐心拜讀《家變》的，絕不是沒有鑑賞力的等閒讀者。

我，跟林海音說的一樣，也是個普普通通的讀者。（其實她是客氣話，她接觸的新人物多，閱讀廣，鑑賞力自高。）我也有幾點普普通通的意思，一吐為快：

㈠王文興如果企圖以打破常規的怪異文字，直接顯現一個家庭的變故，我認為他花了那麼大力氣，所收效果並不大，甚且是相反的。因為讀者必須透過文字，體認作意，欣賞它的奧妙精微之處。那麼首先就得抖落那些重複累贅的字眼，整理顛倒的詞組，改正錯別字，然後再耐心讀下去。如此一來情緒上不免受到挫折，這是欣賞文章的阻力。固然，像文中的「體身」、「女婦」、「惑困」、「待看」之類的顛倒，一看之下，腦子裡自會把它轉回來，至多感到有點彆扭，說一聲「何必呢？」（那麼王文興的苦心也就白費了。）但像那些累贅重複扭曲冗長的句子，（太多，不必列舉。）真叫人剪不

斷，理還亂，至少我這個普通讀者的心就煩起來了。歐陽子先生舉引了些例子並加以整理（《中外文學》一卷十二期，頁六五），林海音女士是索性不管它，只看內容故事，因為她有近二十年的編輯經驗，習慣於看怪文章（十三期，頁一六五），但試問是否人人都有歐陽子的修養與耐心，人人都有林女士二十年的編輯經驗呢？為學固當先難而後獲，但看小說究竟不比作學問。（以《家變》為研究對象者自當別論。）像搞章句的要逐字逐句推敲，辯其真、偽、衍、佚。小說則總要予人以寬闊天地，才能深入其中，欣賞技巧，探討主題，以見作者匠心獨運之處。而現在作者處處拿文字與人作對，抗拒讀者。正如子于先生說的，「靠近的時候，它卻用語言把我推開。」（十三期，頁一六八）這豈不是他求變求新之心過切，而故弄玄虛以立異鳴高呢？張系國先生讚美王文興的小說是一種平民文學（十三期，頁一六六），王文興其他的小說，我看得少，不敢亂下批評，至少《家變》不「平民」，因為作者沒有作到平易近人，使無論年輕人、年老人，一般讀者都能接受的程度。固然張先生所謂的平民文學是指內容而言，但內容也得賴文字表現、傳達呀！廣大的讀者群中，只有少數「高水準」的讀者起共鳴繼之而大為嘆賞，焉得謂之「平民」呢？

　　張先生又引顏元叔先生的話，說王文興的作品特徵是「真」，我認為「真」的第一條件，就是不矯揉造作，如果王文興平時說話、講課都是「像這些的這麼個樣的」，提筆為文時，這類句子（我不稱之為句法，因為「實實」的無法可

言。）自自然然地流瀉而出，不遑整理，那才是「真」，可是我不相信王文興是這樣說話講課的。我也懷疑他於著筆之初，就是用這種調調兒寫的，用這種不像人話的句子寫文章，豈不阻礙他的泉湧文思？我猜想他是以正常的方式構思安排，寫完以後，再苦心的修改，「潤飾」，花了六年歲月，才成此難以共賞的奇文。試讀篇中「妙句」，處處斧鑿痕跡，處處矯揉造作，焉得謂之真？古人文章詩詞中固然也有顛倒句法，如眾所周知的杜甫詩「香稻啄殘鸚鵡粒，碧梧棲老鳳凰枝」，如姜白石詞「亂落江蓮歸未得」，「想垂楊還嫋萬絲金」等都是刻意求工，予人以耳目一新之感。但他們也僅僅偶然戲筆，以見才華，（希望《家變》也如此。）大部分作品都只是在造意上求工，造句上求平易，才能有「人人意中所有，人人筆下所無」的真切感。王文興以怪異文句表現真，無異緣木求魚。批評家要為之強作解人，徒費心力而已。

　　㈡如果真像歐陽子先生所說的，王文興是為了拍攝范曄與眾不同的說話或思想方式，象徵他心中對父母的感情糾葛與牽絆，以及他那愈積愈重，欲擺脫而不能的自圍心情（十二期，頁六五），那麼這類迂迴扭曲，重複句子，至多只能出現在范曄的語言中，以描繪他的心理狀態。但何以對話反大部分通順，愈是敘述之處愈怪，愈令人費解。須知小說不同於詩歌散文，詩歌散文是作者直抒胸臆，心情矛盾紊亂時，筆下也不由得矛盾紊亂，直接的呈現正符合於現代的意識流。如屈原的〈離騷〉，庾子山的〈哀江南賦〉，杜子美的〈北

征〉，頗多顛倒、重複、忽喜忽悲、忽近忽遠的句法，這是他們感情自然的流露，這才是不失真，才是天地間第一等好文章。西洋文學名著中，定不少此等好例證。可是小說的作者是幕後敘述人，無論他以全知觀點或特定的統一觀點來寫，作者本人永遠得保持客觀冷靜的頭腦才能設身處地體認書中每個人物的心情。為了傳真傳神，在寫某一人物時，不妨以鄉音、土語或特別的語調詞彙來描繪，例如范曄的父親稱許兒子「讀書伯，讀書伯」，范曄說：「所有的人類都要死個光光。」范曄的母親說：「就我母子兩對啄。」都非常傳神而口語化，（對啄可能是客話但很形象化，可以懂得意思。）在我國歷史文學《史記》中，司馬遷就非常善於描摹語態，例如寫項羽這個狂飆式的粗獷人物，望見秦始皇就說：「嗟呼，彼可取而代也。」語句短促而不加思索，寫老謀深算的劉邦見到秦王，卻是「嘆息曰大丈夫當如此也」，語調舒緩而沉著。寫平原君起初低估毛遂，說他：「是先生無所有也，先生不能，先生留。」連稱三次先生，其後，毛遂辦外交勝利歸來，他又連稱三次毛先生，這一類的重複，都是作者故意強調，強調得極為有力而醒目，豈似王文興的「那樣子的情形那麼個樣」，「回家回往去省看一視」，「抓得出兩個原因是主要最要的原因而來。」「那麼個樣」的叫人費解？「那麼個樣」的牽強？

為了刻劃范曄心情的困惱或他母親盼待父親的殷切，說話語無倫次，或是帶上土音，倒是一種技巧。但王文興未把握此點，在對話方面反都比較順暢，（當然怪字仍不免，尤其

是注音符號、英文羅馬拼音、文白雜用，使人有應接不暇之感。）我在此想起宋詞人周清真的一首〈少年遊〉，可作為描摹語態神情的好例子，此詞下片是：「低聲問，向誰行宿，城上已三更。馬滑霜濃，不如休去，直是少人行。」周清真躲了起來，竊聽李師師挽留宋主，十二分的殷勤迫切，有點語無倫次，他巧妙地直接把它「拍攝」下來。照正常次序應當是：「馬滑霜濃，直是少人行，城上已三更，向誰行宿，不如休去。」（譯語體是馬又滑，霜又重，一個行人都沒有了，這麼三更半夜的，你住那裡呀，還是別走啦！）可見得好的技巧，無論古今中外的作者都一樣有這分匠心，只是當時沒書評家發掘，也沒新名詞稱道它就是了。

歐陽子先生說他接近末尾時，因過分被捲入范曄的困惱中，以致在他應該抽身之際，沒能乾淨脫離（十二期，頁六六），這大概是王文興用全副心魂體會書中人物心理，深入到了不能自拔，影響他清明的頭腦，文字也到了無法操縱的地步，如真到這種地步，我個人認為最好是暫時擱筆，痛定思痛一番以後再寫。因為能出能入，保持心理距離，才可以寫小說。打個比喻，好萊塢名演員費文麗，因演「慾望街車」（好像是此片），體驗劇中主角精神分裂過分深刻，以致自己也患了精神分裂，不得不輟演一段時期。一個身心過分疲憊的人，實無法以客觀分析的頭腦，體驗劇中人性格與心理，寫作又未始不然。

㈢我不反對方言文學，為了增加人物的生動活潑，偶一

點染，可予人以真實感。但必須註明國語，使人看了一目了然，同鄉看了發出會心微笑。《家變》中詰屈聱牙的句子，如果一部分是福州話或客話，卻又不註明，是否要求個個讀者都是作者的小同鄉呢？若都各寫各的方言，一個讀者要欣賞名家作品，還得是個語言學專家哩。舉個例子，我的故鄉土話稱「拖鞋」為「鞋拖」、「罩袍」為「袍罩」，晒太陽叫「晒晒暖」，「飯吃過沒有」說成「飯吃過罷未」。我如為了描摹老祖母口語，寫了這類字句而不加國語說明，豈不是第二個王文興呢？

　　尤其不可解的是同音字互用，錯字、別字、注音符號、羅馬拼音全部出籠，中年以上的讀者還得現學注音符號，沒喝過洋墨水的還得現學英文　（文中有英文文法之句如　「下『這』車」加指詞），王文興對讀者的要求也太多了。《家變》焉得不曲高而和寡。我就不知道說「嗎」與「ㄇㄚ」，「ㄌㄚ」與「啦」有何分別，"di" 與「狄」，"Hey" 與「嘿」有何不同。若論視覺的新鮮刺激，徒使人反感、疲勞而已。也許我是太淺薄的讀者，實無法領會其中精微奧妙之處。

　　最矛盾的是王文興既要打破常規，創造新詞彙、新句法，卻在范曄母親口中，說出「萬劫不復」這樣文縐縐不口語化的話來，顯得格外不調和，而且不切合范母平時說話習慣，和她的智識程度。

　　㈣自創新字新詞彙，在美國很普通，但也得大家公認習用之後，約定俗成，然後編入詞典。比如何凡創造了「惡補」

二字，大家都認為非常恰當，用到今天，再也想不出更好的字來代替。（如果王文興硬要說成「補惡」，只好由他。）這是好的創造。《家變》中只有以「車壳」代替「車廂」，我覺得很好，形象化且具有音響效果。還有幾處好的造句如「小手臥在父親煖和的大手裡」，「臥」字極佳，「每回來的都不是父親」，正如五代詞「過盡千帆皆不是」是好句法。可見創新不是造新詞彙，而是造新意，不落前人窠臼。記得在早期某詩人的一首詩中有「一臉坎坷的肌肉」之句，以「坎坷」形容肌肉，造意新，含意亦深。現代詩人鄭愁予的詩：「再跨前一步，便是鄉愁。」何曾有一個生硬難解之字，可是有餘不盡之味，溢於字裡行間，如易成「愁鄉」，豈不味同嚼蠟。我很欣賞余光中先生的一首詩〈滿月下〉：「那就折一張闊些的荷葉，包一片月光回去。回去夾在唐詩裡，扁扁地，像壓過的相思。」構思造意至於化境。詩中的「月光」、「唐詩」、「相思」都是人人習見的名物、詞彙，但意境是嶄新的。他需要說「光月」、「詩唐」、「思相」以取勝嗎？他有一段話很足以發人深省：「藝術追求的是美感的總效果，不是局部的語言。……愈能使不同的因素化合成和諧的整體，愈能以不類為類，愈能顯示作者藝術的深湛。」王文興如深體斯言，才能以「不類為類」。韓愈說「艱窮變怪得，往往造平淡」，我們期待他於變怪之後，產生平易近人的文章。

　　張漢良先生說作者更新了語言，恢復了已死的文字，把（當作使）它產生新生命，充分發揮文字的力量（十二期，頁一七七），羅門先生讚他將詩的質素大量注入小說的語言，

引起小說語言發生質變，獲得新的生機與效果（十三期，頁一七一）。他們的看法，我實在未敢苟同。在我看來，王文興恰恰以他的矯揉造作，扼殺了文字的生命，殘酷地使原來活生生的文字僵死了。可是朱西甯先生卻硬說：「讀者應該試著習慣王文興，而不應該要求王文興來習慣於讀者，讀者沒有權利做這種要求。」（十三期，頁一七六），王文興真個這麼權威嗎？《家變》真個是天地間第一等好文章，人人非讀不可嗎？就算讀者無權對他作此要求，讀者不高興習慣於他這種怪裡怪氣的文字總可以吧！西方哲人孫泰耶那 (George Santayana) 說：「名著之產生，由於作家與群眾的合作而後成，文學上之成就，賴於作者之說服力者居半，賴於讀者之接受力者亦居半。」《家變》文字沒有說服力，大多數讀者不能接受，也就不是必讀的名著，更無義務非適應它不可。

張健先生說：「往往第一流文學不是用流利的文字寫出的。」（十三期，頁一六九）這並不意味不流利的文字，一定是好文學作品。平心而論，《家變》中有其結構、造意、刻劃極佳之處，但恰巧都是比較通順流暢之筆。也許我閱讀程度淺，只能於通順之處欣賞他的技巧。顏元叔先生讚美范母因想看戲又不認得路，對兒子發牢騷的話，直可比擬《紅樓夢》的鳳姐兒（十一期，頁六九）。這段話裡就沒一個古怪字兒，所以一氣呵成。但認為它可比擬《紅樓夢》，卻有點過譽。這種對話，在今天的電視劇 (Soap Opera) 裡就有的是。

㈤還有一點，我原打算不提而仍感不能已於言者，就是

《家變》的主題。作者極力渲染兩代間距離之形成，為所謂的「代溝」下注腳。

　　我並不掩耳盜鈴地反對談「代溝」，但作為一個中國人，對本國數千年文化傳統與家庭倫理觀念，應該有一個基本的認識，以後與西方各國的家庭、社會情況作一比較，才不至妄下論斷。事實上，直到大都市高度工業化的今天，中國的家庭制度，只是適應生活環境而逐漸改變形式，精神上是絕不會崩潰的。即使在西方，父母子女之間也不能不以愛維繫，只不過他們兩代之間權利義務觀念較為分明而已。自從代溝這個新名詞輸入之後，年輕的一代強調它，以它為藉口，專家們以西方學理為根據，偏重了青少年心理變化而忽略了對他們倫理道德的灌輸以消彌代溝觀念。家庭、學校、社會教育的未能善為配合，如再加以像《家變》這樣的作品，為一部分心智並不成熟，認識並不清楚的青少年作代言人，而否定家庭制度的存在，這才是真正的危機。

　　我們試分析《家變》中范曄的心理轉變，父子關係之惡化，主要的是由於父親停留在老階段，兒子「進步」了，心智成熟了（我並不認為他是真正的成熟，因為成熟包括理智道德觀念與思想行為）。父親因工作受打擊，退休以後，經濟一天天拮据，在兒子心目中，父親由權威而變為窩囊廢，依賴價值既沒有了，乃由厭惡轉為憎恨，在中國的人情倫理道德上，說得過去嗎？別說中國，在西方也不至如此薄情與殘忍吧！我在美國接觸過多種形式的家庭，大都市的，小城鎮的，農村的，他們親子之間都處得融融洩洩，彼此的關懷只

是程度上的差別。他們的社會福利制度健全，家庭倫理觀念不同，感情淡薄點是事實，但也不會像范曄那樣恨得要鬥倒父親。他在日記上寫「家是什麼，家大概是世界上最不合理的一種制度。……事實上，如果我們開眼看一看人家其他的異種西方國家文明，看看其他的高等文明，就會知道根本就不認為什麼孝，不孝是重要的東西……」多麼怵目驚心的字眼。我並不期望小說家以寫《孝經》的心情寫小說，但從事寫作的人必須有他道德良心上的責任。我個人始終堅持藝術與人生是不可分的，小說表現人生，自應透過藝術的手法，提出問題，暗示正確的路途，以求真善美的一致。存在主義的濫用與高度工業化的社會，一度使西方青年迷失，而今天有良心的知識分子已逐漸發現中國倫理道德之可貴，乃至老莊思想之平易近人，而愈益傾慕東方文化。為什麼我們自己反而如此徬徨、迷失。何況中國現代的父母，都已隨著時代往前跑，並不像范曄父親的故步自封，母親也並沒那麼落伍。《家變》的技巧再好，內容卻並無代表性。范曄的內心衝突的理論根據是非常脆弱的，也就是說這種可能性是非常少的，因此不易為廣大讀者所接受。記得顏元叔先生在本年五月八日的〈人間副刊〉上評「秋決」的民族藝術，我很同意他的看法，他的結論大意是說：由於西方人道德情操與人生觀的局限，以至不能接受「秋決」所顯示的中國民族意識，不能引起他們的共鳴。可見我們的民族意識有其倫理道德的基礎，不是西方重視物質文明的現實人生觀所能體認的。我引顏先生這段話的意思是希望中國的小說作家，一定要顧及中國人

的道德情操，把握此點，才能發揮他藝術的至高境界。一個出生長大在中國家庭，享受了父母之愛的青年，即使喝飽了洋墨水，還是個道地的中國人。他既有相當的文學造詣，就當用其所長，以獲得廣大讀者心靈深處的共鳴。《家變》雖一度掀起討論熱潮，王文興個人的影響力還不至嚴重到「斯人不出如蒼生何」的程度，但作為一個讀者，卻不能不有此虔誠的寄望。（不敢要求。）

總之，《家變》這篇小說，無可否認的，王文興是費了一番經營苦心的。內容故事結構形式，寫兩代的隔閡之形成技巧上都尚稱成功。他儘可用創新得合理的文字出之，而不必如此以辭害意，出奇致敗。（他自己當然認為是成功。）王文興的名氣，已成為一部分學習寫作者的偶像。令人擔心的是他的別開生面，引起好新好奇者的仿效。那真要苦了我們這批國文老師。因為文章要寫得通難，寫不通太容易了。而且不通的文句是由你隨便造的。如果學生們寫了，老師們刪改了，學生就說老師落伍，連王文興的小說都沒看過，那又怎麼辦呢？歐陽子語重心長地不贊成初學寫作的人拿王文興的風格為典範（十二期，頁六七），我希望真有創造力的初學寫作者，即使崇拜王文興，也不要學他。學得再像，也不過是他的婢奴（奴婢）而已。如今的年輕人，個個想當天才，誰又願意作奴婢呢？

寫至此，我忽然想起佛經經典裡一段故事：維摩詰病了，如來佛囑文如師利去探望他。因為維摩詰智慧才情太高，一般弟子都不能領略他的妙語。文如問他為何病了，維摩詰答

道：「因為眾生病了，所以我病了。」文如頷首而笑。這個啞謎，我這沒有慧根的人不太懂。我猜想是維摩詰大慈大悲之心，因大千世界的眾生都有病，所以他也不忍不病，以己之病療人之病。是不是今天的文壇，大家都有病，所以我們的大文豪不得不病呢？

最後讓我來套王文興的「風格」寫幾句，以博讀者一粲：

> 凡故弄虛玄的之墨筆，我特特底不能受納。讀《家變》好像有如鋸生鐵一若。它是這麼樣的這般的惑困我牙。於是所以想起廿餘年前的「愛德樂夫」，他其之大作稱名「世界永遠沒有戰爭」，裡中內有「兩耳燕飛」、「立如松」、「坐如弓」等等，遭被人罵極，人都恨達之。而今日現在之名作有異不同他之原因，因緣於有研究之碩士或博士。青年學生輩崇敬對他無比。流風影響無極，怎得不要聲申ㄋㄜ，幸作者他原本好文章，伺後望希彼回復復原格風！讀者遂乃將愛喜並欣賞之。

並作歪詩二首以誌其盛：

㈠《家變》奇文驚海內，人人爭說王文興。
　　得失寸心誰解得，生先 （先生） 本自冠倫群
　　（群倫）。

㈡不奇不變不名家，變到窮時路也斜。

　　寄語授教（教授）慎下筆，門牆桃李免池差（差池）。

介紹韓國女作家孫素姬女士

　　孫素姬女士是韓國極負盛名的小說家之一，也是最受年輕學生們歡迎的女作家之一。她的作品方面很廣，而筆觸婉轉細膩，尤長於刻劃女性委婉倔強的心理，充分表現了東方女性的特質，她的短篇小說〈柿子紅了〉就是一個很好的例子。

　　我去年春間訪韓，得與孫女士有三次會面的機會。第一次在金浦國際機場。《女苑》月刊社社長為我們介紹了四位到機場歡迎的當代名女作家，孫女士便是其中之一。她露著潔白的貝齒，向我們燦然微笑，眉宇間有一分東方女性的古典美，我心中一下子就對她有了好感。我再仔細端詳她，她烏黑的柔髮，不像其他幾位挽成高髻，而是雲鬢低垂，在後面夾一個綠色的夾子，與她淺綠的薄紗韓裝非常調和。她皮膚細潔，薄施鉛華。淺淡的口紅，勾出兩片薄薄的嘴唇。天然的眉毛，配著微微下垂的眼梢，顯得她的眼神格外含蓄。她

一直微笑著，縱然不語，亦自親切。

　　第二次見面就在當晚的歡迎酒會上。透過翻譯，我們作了十幾分鐘的交談。她說她的興趣在寫小說，散文寫得極少。她願以文學的技巧，表現人性的優點與缺點。據《女苑》月刊主編告訴我說，她的表現手法極新，而且常採取現代文學的技巧。無論長篇短篇，結構都很嚴謹，此所以年輕一代的讀者也都非常喜歡她的作品。在韓國，一個從事寫作的人，要想自己的作品能與廣大讀者見面，並不是一件容易的事。至於成名，更非易事。因為韓國的報紙副刊，除了每年元旦舉辦一百萬元韓幣的徵文比賽，由權威作家評審，獲獎作品另闢專欄刊登外，平時絕不登純文藝作品，而只登有新聞性或歷史性的所謂通俗小說，僅供一般人的消遣。因為他們認為報紙只是大眾傳播工具，沒有永久價值。純文藝創作，必須刊登在雜誌上。刊登出來的作品，是經過由成名的前輩作家所組成的評審會評審通過的。年輕的作者們，為了表示對某一位大作家的仰慕，可以指定請那一位主審，但如果他或她的作品被推薦登出來了，就得再受文藝批評家與讀者的嚴格評價，如認為不夠水準，則雜誌主編與評審人都將受到嚴厲的指責，所以評審人的態度必須非常客觀公正，絲毫不得涉及私情。作家從作品見諸雜誌到成名，要經過一段長期的考驗，絕不是雜誌主編在旦夕之間可捧紅的。作品須每年由前輩作家推薦至二次三次以上，直至嚴格的批評家們公認為是那一年度的佳作，那一位作者才算稍有名氣。但此後每年必須提出有代表性的佳作向讀者交代，否則就難維持不衰的

盛譽。因此他們絕不容閉門造車,而是多方觀摩,再經匠心創造的。

孫女士自感英文閱讀能力不夠,於四十歲以後再進外語大學攻讀英文,足見其學習精神。她可以透過英文或日文,讀其他各國的小說,她也希望讀到中國近代的小說。只可惜我國近代作家的小說,譯成英文的並不多,譯成韓文的更少。幾篇刊登在《女苑》月刊的小說,也還是通漢文的韓國人權熙哲先生的譯筆,而權先生本人並非作家。韓國人對中國文學的研究不遺餘力,漢城大學與成均館大學的中國文學系教授講師們,都在他們的刊物上發表對中國古典文學研究的專論,只是尚無暇及於中國近代小說或散文的介紹。

韓國是從艱苦中復興起來的民族,加上他們三面環水的地理環境,造成他們特殊深沉與敏感的民族性。因此在文學上,他們易於接受新的,也富於獨立的創造精神,在各方面都能迎頭趕上。現代文學思潮,使韓國文壇更有嶄新的面貌。孫女士尚被稱為第二代的作家,就是六十歲以上的前輩作家們,思想內容與寫作技巧也一點不落伍。每年刊登出來的作品都非常紮實,因為他們負責評審年輕一代的作品,他們自己也在受批評專家們最嚴格的審評,年年面臨考驗,永遠趕上時代,絕不至受「進博物館」之譏。韓國評審制度的公平,態度認真,是值得我們欽佩的。

我與孫女士第三次的會晤是在昌德宮的祕苑。祕苑是李朝皇族的私人花園,韓國獨立後,李承晚總統命令每年春秋二季開放二次,供國人賞玩。我以外國貴賓身分,步入繁花

如錦的公園，挽著我的就是孫素姬女士。她比較沉默寡言，加以言語隔閡（她聽得懂英文，但只能說幾個單字，我又不懂韓文），所以未能暢所欲談，但彼此間的微笑頷首，也可互通情愫。那天她著的是茶綠印黑花上裝，配上月白色拽地長紗裙。胸前結著長長的飄帶，顯得格外的風姿綽約。我與她在綠雲浮動的銀杏樹下拍了張照。她採了一片殷紅的楓葉與蘋果葉送我。在中國大陸江南的冬天，才是霜葉紅如二月花，而韓國這種五爪楓，卻是春夏季節一直都紅的。蘋果是韓國特產之一，味尤鮮美，月下的蘋果林尤為詩人們所歌頌。韓國雖艱苦而氣象清新，國民性樂觀活潑，在各方面都顯得有成果。蘋果的肥碩也是一種很好的象徵。

　　孫素姬女士於一九一七年生於北韓的咸鏡北道，她是屬於光復以後四十年代的作家，成名於她四十歲左右，她的代表作有長篇小說《南風》、《原色之季節》、《太陽之詩》、《太陽之豁谷》等篇。《南風》連載於韓國最佳純文學雜誌之一的《現代文學》，已出版單行本。在一九六〇年她曾獲漢城市文學獎。一九六四年再獲韓國最具權威性的「五月文學獎」。她的短篇小說頗具代表性的有〈莉拉的故事〉、〈香蒲發芽時〉，與我譯的〈柿子紅了〉等篇。孫女士曾任韓國筆會理事與韓國婦女寫作協會督察。

　　我對於韓文，只會說一句「安寧，喀哂啊！」（再見）本篇是譯自韓國英文版《筆會》月刊。記得本篇譯畢時，我剛巧收到她的來信，她告訴我〈柿〉文是她近作中比較喜歡的一篇小說。從這篇小說中，可以看出她筆觸之細膩生動。故

事也表現了東方女性的傳統容忍精神，所以我把它試譯出來。但怕的是由英文輾轉翻譯，失去韓文原作的精華，這是要向讀者們深致歉意的。

附錄　柿子紅了

昨天早晨下雨，今天早晨卻是天色澄藍，空氣非常清新。也許因為「白露」已過，秋天更接近了。

寶蓓又開始打掃那條通往七星堂尼庵的石砌小路了。這條小路，她已經打掃了一百零一天。一百零一天中，從無一天間斷過，她是以最大的虔誠做這件事的。

「南無觀世音菩薩，慈悲的菩薩保佑我。」寶蓓一邊工作一邊唸著。

她打掃完了，把掃帚放回原處，走到庵後面井邊去洗手，嘴裡仍喃喃著：「慈悲的菩薩，保佑我啊。」然後回自己住的屋子，腳步顯得很輕快，臉上浮著一層甜蜜的笑。當她走過大殿時，聽見裡面有人在大聲地唸佛，聲音好像要哭的樣子，好奇心使她從牆壁縫中偷看了一下，心想可能是她隔壁屋子的那個女人吧。一看果然是她，但她為什麼一面拜佛，一面哭呢？她越想越奇怪，悄悄走回臥室。一進屋子，她就開始化妝。三個月零十天的工夫，她一直沒有化過妝，她虔誠地祈禱了整整一百天，今天是她在這裡的第一百零一天了。她一面仔仔細細地擦粉，一面在心裡深深地祝告，這一百天的祈禱會帶給她一個圓滿的結果。她化好了妝，陡然發現自己原來很美麗，她的皮膚白嫩細潔，眼睛發亮，雙頰紅似玫瑰，前額豐滿明亮。優雅的鼻子，優雅的嘴。一絲滿足的微波盪漾在心頭，不由得又使她浮起笑容。她十分快樂地拿起了手

提包。裡面放著一把指甲刀和一個小頂針。她穿上最漂亮的衣服，顯得更美了。她在鏡子裡對自己笑了笑。由於她的美麗，她曾有過一段幸福的日子，她曾被她的丈夫杜揚安深深的愛過。就是到今天，杜揚安還是認為自己只愛她一個人。這，也許是對的，可是……

「對不起，隔壁的媽媽，我們可以一同吃早餐嗎？我一個人真不想吃。」那個剛剛在大殿裡哭泣的女人說，使寶蓓吃了一驚，也打碎了她快樂的夢境。聽這女人喊她隔壁的媽媽，寶蓓心裡感到萬分的不樂意。尤其是今天早晨，她真想拒絕她的要求，卻又找不到恰當的理由，只好勉強的答應了。

她們面對面坐下來吃著早餐，那女人好幾次用她腫脹的眼睛看著她，困惑地說：

「你今天是不是要回家了？」

寶蓓溫柔地回答：「是的，今天是我在這裡的第一百零一天了。」

「唔，我知道，你已經做完你的祈禱，所以一定要回家了。怪不得你今天這麼漂亮呢。我一直覺得你非常美麗，我認為連雕刻家都雕塑不出像你這樣美麗的女人。」

那女人如此的讚美她，寶蓓卻只報以淒涼的一笑說：「我當真美麗嗎？不見得，我已不再美麗了。」

那女人搖搖頭說：「不，你說得不對，你的美麗正如盛開的花朵。」她嚥下一大口飯說：「你實在美麗，真的，你是個美人兒。」她興奮地說了一遍又一遍。寶蓓微喟了一聲，放下湯匙說：

「一個人美麗與否又有什麼關係呢？那真是一點也沒有用，我只是一個被棄的女人。」

那女人睜大了腫眼皮，大為吃驚地說：「一個被棄的女人，我的天，你不可能是一個被棄的媽媽，你也不可能是一個被棄的妻子，那真是不可想像的，沒有那個丈夫會拋棄像你這麼美麗的妻子的。也許你們太相愛了，反而拌了嘴，你就賭氣離開你的丈夫。」

那女人好奇地盯著寶蓓，寶蓓只微笑了一下。

確實沒有一個丈夫會拋棄他美麗的妻子的。可是對寶蓓來說，她是自尋煩惱。為了要討丈夫的歡心，才招來這一場「拋棄」的。她的丈夫不是個富有的人，只是日子還過得去，但大家都喊他有錢人。

寶蓓嫁給杜揚安已經十五年了。寶蓓三十四歲，杜揚安剛剛四十。他們彼此相愛，他們要什麼有什麼，只差一樣，就是沒有孩子。因此，寶蓓內心一直有一分責任感與犯罪感。她時常勸丈夫娶個姨太太生個孩子。可是每次她一提起這話，她丈夫就拿早已準備好的一套話溫柔地對她說：

「別傻了。還提這話幹什麼。只要忘了這回事，我們就可以過得很快樂。等我們老了，就雙雙打點著去廟裡住，以渡殘年。」

他對她的建議，有時還很生氣的樣子。可是，有一天，他忽然表示渴望孩子，他甚至後悔沒有早作打算。這使她非常的傷心，可是她又怎麼能怪他呢？

「我真的被冷落了。再說我已經快四十歲，不再年輕了。

但是我的丈夫並沒有嫌我老醜，是我逼得他冷落我的。」寶蓓喃喃地說。

「是你逼的？我不懂。」那女人說，狼吞虎嚥地吃完了一大碗飯，又喝了一大杯水。然後點起她的長煙管，眨著眼睛在猜想，會不會是寶蓓冷落了丈夫，或甚至做了什麼對不起丈夫的事呢？

寶蓓很後悔把自己的私事向一個陌生人傾吐，但現在想收住已經來不及了。這位腫眼皮的鄰室婦人，似乎在催促她說得更詳細些。寶蓓用平靜的聲調繼續說下去，索性把所有的事都傾囊倒篋而出。她說，有一天她為她丈夫安排一個環境，使他和一個女孩子在一起，她馬上就有孕了。足月後生下一個男孩，現在已經六個月了。孩子漸漸長大，她丈夫也漸漸地在變了。他對她的態度與以前不同了。起初她並不介意，因為她相信丈夫堅定不移的愛，可是日子一天天地過去，她感到心被刺傷了。痛苦愈來愈深，終至無可忍受，因此她離開了丈夫，來到這裡。她的丈夫每一個星期天來看她一次，而且每次都堅持要接她回家。但是她拒絕了，理由是她必須祈禱滿一百天。可是再怎麼說，天氣慢慢冷了，她實在想家得很。鄰室的婦人一面聽一面連連點頭，表示她完全懂得她的心事，她繼續噴了幾口煙，慢吞吞地說：

「我以為只有既老又醜的女人才受這種罪，原來美麗的女人，有時也免不掉。不過你的丈夫並沒有愛別的女人，他一時離開你並不是因為不再愛你，而是為了子嗣。當然囉，最理想的是有兒子，加上有錢又有愛情。可是人難得有這麼

美滿的。假若你聽了我的故事，你就會相信你有多幸福了。
我的丈夫快六十歲了。他還搞了個女人。他年輕時原是非常
愛我的，但當他快到六十大關時，竟出去找別的女人了。我
實在氣不過，就跑到庵裡躲起來。我絕不回家，不管他來求
我幾千次，我也不回家，除非他發誓不再做這種事。」

　　寶蓓真想笑，可是她必須忍住。她知道當一個人開誠布
公地向你訴說心事時，笑人家是很不禮貌的。不過當她聽她
直接稱呼她「你」而不再喊「隔壁的媽媽」時，她實在難以
掩飾臉上那一絲嘲笑的神情。

　　「你說今天是你的第一百零一天了？」女人又問。

　　「嗯。」

　　「那麼你要比我早回家……。」

　　「看來是這樣。我丈夫一來接我，我馬上就回家。我如
再不回家，那就是我自己活該要受罪了。你願意和我一起走
嗎？天氣一天天冷了呀！」

　　她沒有回答，只是楞楞地望著寶蓓。

　　院子裡陽光明亮，一陣旋風捲起了片片落葉，庵門外小
山坡上無數大波斯菊的芬芳，直送入寶蓓的鼻子。她震驚了
一下。抬眼望著面前這個婦人，不禁使她感到一陣痛苦。因
為那灰白的頭髮使她想起奇形怪狀的松針，乾癟的面皮上，
粗大的筋脈，使她想起老樹枯籐。

　　「今天是星期天嗎？」女人問她。

　　「是的。」

　　「你丈夫會來嗎？」

「我想他會來的。」

「我想你一定很高興,你在這兒住得太久了。我也想家,雖然還只待六天。但我決心要住下去,除非我那豈有此理的丈夫能對我懺悔。」

那女人一提起她那一意孤行的丈夫,好像就很生氣。她一遍又一遍地說她留在庵裡不回家,是為了好好地給丈夫一頓教訓。寶蓓問她有幾個孩子,她說兩個兒子已經結婚,一個女兒也出嫁了。最小的女兒還在唸書。寶蓓又問她日子是不是過得好,她說還過得去。只是沒有他在家,家裡就顛三倒四了。

寶蓓為了要在離開以前再看看這尼庵,就向她告辭了。這所尼庵雖小,整個環境卻很清潔。每樣東西都整整有條,就連掃大殿與掃普通地板的掃把都分開放在一定的地方。寶蓓想那是因為由尼姑管理之故。她走到聳立在通向七星堂石堦邊的一株柿子樹下。她立刻動了個念頭,想數數樹上的柿子。假若柿子的數目超過了一百個,那就是一百天的祈禱已經靈驗,她不久就會懷孕了。如果不到一百個呢,她就永遠不會生育了。可是她沒有勇氣數,她總覺得這個念頭既傻又冒險。

她徘徊在大門外長滿波斯菊的土堆上,眼睛不時望著她丈夫將要由那兒走來的小路,她看見鄰室的婦人也在望著那條路。她好像已經打扮了一下,因為寶蓓聞到一陣髮油的香味。寶蓓想怪不得她也顯得漂亮點了。她對她笑了笑說:

「你也準備回家了是不是?」

「不，我化妝不是為了要回家。我只是想打扮一下就是了。我一定要住在這裡教訓教訓我那豈有此理的丈夫。我必須擠出我每一滴勇氣離開我的家，我不能這麼輕易就回去了，不然的話，真要被鄰居們取笑死了。」

那女人對自己的塗脂抹粉感到不好意思；她取出手帕擦去口紅，擦了一遍又一遍，她也顯得有點緊張，而且渴切地望著隨時都可能有人出現的方向。寶蓓也正是同樣的心情，她暗暗希望這條通市鎮的小路能夠再寬一點。

「我知道你今天的感覺。你就像個剛結婚的新娘，你們正在如此的相愛中，你實在離開丈夫太久了。他會氣喘呼呼地趕來接你的。」那女人說。

「你想他會嗎？我不知道。我想你的丈夫也會趕來的。」

她們有禮貌地繼續談著。可是在她們每人內心的深處，都希望自己的丈夫能夠先到。寶蓓只想向那女人證明丈夫對自己的愛，那女人也懷著同樣的希望。

天空蔚藍而高朗，片片浮雲飄盪，秋意漸深。風從山坡上吹下來，吹動了波斯菊，掀起一片搖曳的波浪，風停了，波浪又歸平靜。寶蓓摘取一朵紅色的菊花。那婦人也採了一大把的花，聞了下說：「它們像有一股少婦的香味，又甜又新鮮。」她邊說邊笑，很得意她自己做的比喻。寶蓓卻沒心思聽她的，只說：「你何不把它們插在花瓶裡呢？」

那婦人玩弄著花朵，再聞聞它們，深深地吸了一口，像是把花香都吞進肚子似的。

「我要叫我丈夫也聞聞這些花，告訴他花香使我想起女

人香噴噴的皮膚。」

　　她不懷好意的笑了笑，透著一臉的邪氣，然後向庵裡跑去。寶蓓猜想她一定是插花去了。寶蓓也離開山坡，隨她走進去。現在才十點鐘，她知道丈夫在一小時以內還不會來。她經過那婦人房間時，看到她正在用水洒花。

　　現在寶蓓再沒什麼事可做了。她必須等。她走回臥室裡再掃掃地，理理東西。

　　十一點鐘了，兩個人的丈夫都沒有一點來的跡象，也沒一個進香的客人。寶蓓想十一點鐘還太早，當然不會有進香的客人的。她就在地板上躺下來，把頭枕在包袱上，這個包袱，她今早上已打開又包上好幾次了。她打算睡一下，可是怎麼也睡不著。於是她又走出房門沿著庵兜圈子。當十二點差十分時，她看到一群人爬上山崗，向這方向走來。鄰室的婦人也出來望著那群人。可是他們只經過門口就一直走了。不久兩個女人又看到另一群人來了。鄰室的婦人一直釘著漸行漸近的人們，舉起手在太陽裡搖著，寶蓓卻有點忍耐不住，她忽然感到一陣疲倦，轉身回到庵裡。鄰室的婦人也跟著進來，兩個婦人在院子裡碰到了那群人，原來他們是來遠足的。

　　十二點半的時候，寶蓓再走到庵門外的石堦上看看，一個人影都沒有了。上個星期天，她丈夫是來得很早的。她忽然想到會不會是出了什麼意外的事，她不禁發起抖來。

　　「他們是怎麼搞的？」鄰室的婦人大聲喊著說：「他們好像都發誓不再來了。」

　　「我相信他們一定會來的。」寶蓓裝出不在乎的樣子。

　　她們回進廟裡，坐在走廊上，風輕柔地吹著，吹過寶蓓的耳朵，她感到一陣寒意。鄰室的婦人又點起她的長煙筒。

　　一點鐘的時候，一個中年男人走進院子裡來，兩手抱著一個嬰兒。後面緊跟著一個年輕婦人，一手打著花洋傘，一手挽著個嬰兒提籃。一個少女又緊跟在她後面，打著紅傘，提著一個大飯盒。他們是來看寶蓓的。寶蓓站起來微笑著迎接他們。他們已經看見了寶蓓，她丈夫滿臉堆笑地急急向她走來。後面的年輕婦人即把嘴閉得緊緊的。寶蓓從丈夫手裡抱過嬰兒來親著他說：「他長大好多了。」

　　她丈夫問她：「你好嗎？我們今天能一同吃頓飯真好。可是準備飯費了好多時間，你等久了吧。」

　　「沒有，我沒有等很久，我只是擔心你出了什麼事。」

　　「出了事？不會的，我又不是小孩子，怎麼會出事呢？對了，我帶了些牛肉和鴨蛋來。你喜歡吃烤牛肉和炒蛋嗎？天冷以後，要吃熱的比較好。」他脫去外衣，用手巾擦擦脖子。

　　「我是不是去叫廚子做一下菜？」年輕女人問。她就是孩子的母親，也是這男人的另一個太太。

　　「是的，你快去吧。」男人說。

　　年輕女人進裡面去了。她牽裙子時，寶蓓注意到她手上戴了個瑪瑙戒指。但她只當沒看見，把臉轉開去，對著孩子說：

　　「你已經是個大孩子，會自己玩兒了。」她用自己的臉親親他的臉。

　　「可不是，他會自己玩兒了。來，我的寶貝兒子，你一定要向你這位媽媽自我介紹一下。」丈夫心花怒放地逗著孩

子，捧起他向寶蓓鞠躬。他又轉向女孩子說：「現在，你也該向她介紹一下你自己了。她是孩子媽媽的妹妹。是前幾天剛從漢城來的。她在那兒讀書。」

「唔，歡迎你來，孩子有你這位阿姨一定高興極了。」寶蓓說著，一面把孩子交還給他父親。又轉向女孩子說：「你來這裡，讀書怎樣呢？」

「這兒的高中已經允許我轉來了。」

「那就好，我真替你高興。」

這時候，年輕女人回來了，她從丈夫手裡把孩子抱過去。丈夫取出一個盒子遞給寶蓓，打開來也是一隻瑪瑙戒指，寶蓓只把它放在一邊，顯得沒有太多興趣的樣子，丈夫卻堅持要她戴戴看，戒指大小正好。她伸手給丈夫看了下，又把它脫下來，放回盒子。

「等我回家以後再戴吧。」她說。

丈夫又取出一個大盒子，說：

「我帶了些柿子給你吃，你嘗嘗看，我們在家裡都吃過了，這全是帶給你的。」

「啊，你帶得這麼多。」寶蓓眼睛望著蓋子，楞了好一會兒。才說：「把盒蓋子給我好嗎？」

「做什麼？」

「我要端去供佛，我可以回家去再吃。」

「那當然啦，家裡有的是。」

寶蓓蓋上盒子蓋，走出屋子，她看見鄰室的婦人手提著包袱站在門外，她對寶蓓說：

　　「我想了想，還是自己回去，我丈夫今天不會來了。我也許還要回來的。但我要去訓他一頓，他一定是昏了頭。你們好好在這兒吃一頓飯。你真幸福，我簡直有點忌妒你，你丈夫仍然這麼愛你。」

　　寶蓓低下頭，眼中滿是淚水。

　　「啊，不，你不必為我難過，我沒什麼。」

　　她急急跑去跟尼姑道別，寶蓓慢吞吞地走上七星堂的石堦，她發現自己渾身在顫抖。當她走到大殿時，看見大門是鎖著的，她使勁拉了下鎖，鎖打開了。她一跨進大殿，就反身緊緊關起大門，而且從裡面套上門閂。她取出木盤，放在佛堂前面。然後把柿子，一個個的堆在木盤裡，再點上蠟燭和香。她合起手掌，在佛前站了好久好久，一動也不動。眼淚一顆顆落下來，落在地板上。

　　有一會兒了，她忽然聽見有人在敲門。

　　「姊夫請你快點回去。」是那女孩子的聲音。寶蓓抬頭望著佛像，然後跪了下去，從手提包裡取出那把剪刀，呆呆地看著它。

　　「午餐已經準備好了，請你快下來。」女孩子在外面喊著。寶蓓忽然捏起自己的頭髮，用剪子一下子把它剪斷了。剪完以後，她把頭髮放進盒子，蓋上蓋子，盡了最大的努力忍住了嗚咽。

　　「烤牛肉都快焦了，你到底下不下來呀？」女孩子又喊。

　　寶蓓默默點地開門，把盒子放到門外，用一種極平靜的聲音說：「請你把這盒子拿給你的姊夫，叫他親自打開蓋子，

告訴他，我今生永不再走下這座佛堂了。請他最好忘掉我。」

說完，她立刻輕輕關上了大門。

愛的故事

　　我童年時代，並沒有像現在這麼許多的兒童讀物，一本商務印的《二十四孝》，和《孔融分梨》、《曹植稱象》等故事書都是文言文寫的，裡面也有插圖。家庭教師要我背了又背，默了又默。長我五歲的小叔叔是個天才畫家，他說這裡面的圖畫難看死了，他醮飽了墨，幾筆一勾，就勾出個光著肩膀躺在厚冰上的王祥，哭竹子哭得淚如雨下的孟宗。我還有一本圖畫，是背著老師偷看的《十殿王》。黃裱紙已被我翻得稀爛，畫的是面目猙獰的閻羅王，牛頭馬面，上刀山，下油鍋。輪迴中轉出來的有大官兒、有乞丐、有豬狗、有蚊子蒼蠅……我坐在長工阿榮伯伯的膝上，邊看邊聽他講善惡報應的故事，害怕得直打哆嗦，可是越害怕越想聽；聽得都會背了還要他講。還有我的外公每回來我家住時，都要在我入睡前給我講許許多多的故事，外公肚才好，會編故事，比阿榮伯伯的更精采了。那些圖畫故事或牀邊故事，雖帶有迷信色彩，照現

在的說法，可能對兒童心理上反而有害處。可是我回憶當年，聽了那些故事以後，常常在心裡決定長大後要做個正正派派的人，做個有好心腸的人。可見得也不能說沒有好的影響。

外公給我講過兩個螞蟻報恩的故事，至今還記得：

有一個舉人進京趕考，在路上看見一隻螞蟻膠著在泥漿中，奄奄待斃，舉人看牠非常可憐，就撿起一根樹枝，把牠救出來，送到乾燥的安全地帶，讓牠尋路回家。舉人到京城考試完畢後，主考官看到一個「主」字少了一點，成了「王」字，主考官認為字都寫錯了，不合格，就把它丟在地上。這個舉人的文章看來是要「落地」了。考官看完所有的卷子，再把地上的文章撿起來看看，原來他看成「王」字的卻明明是個「主」字，他對自己笑笑說，「一定是我眼睛看花了」，再仔細讀這篇文章，竟寫得非常的好，高高興興地提硃筆一點，這個舉人就中了。待放榜以後，主考官再拿起那篇好文章看看，那個「主」字又變成「王」字了。他覺得很奇怪，拜師的時候，他就問這位門生可曾做過什麼善事，門生想了半天才想起救螞蟻這件他認為微不足道的小事，可是主考官說：「你要知道，救一條生命就有無上功德，你這個筆誤的『王』字，上面的一點就是螞蟻給點上的啊。」我當時聽了感到非常有趣。地上的螞蟻，剛好停到「王」字上加一點，螞蟻也好像識字呢。

另外一個是一隻小麻雀在小溝邊跳躍玩耍，啣一根小樹枝丟在溝裡，正巧小溝裡一隻快淹死的螞蟻，就由樹枝爬上路面得救了。小麻雀飛上樹梢，這時來了個揹獵槍的小孩，

瞄準了小麻雀正要發射，螞蟻卻爬上小孩的腳背，狠狠地咬了他一口。小孩呵唷一聲，槍彈沒射中，小麻雀一驚飛跑了。麻雀無意中救了螞蟻，螞蟻也無意中救了麻雀。

　　以上兩則故事，也許現在的孩子也聽過。這不能說是迷信，可說是一種巧合，也可能是心理學家所謂的「第六感」，並不違背科學原理的。

　　還記得好幾年前在收音機裡聽到一則本省的民間故事，內容是介紹臺灣東南部一處名勝觀音瀑布。當地一位林姓居民和他賢慧的妻子，過著非常和樂的家庭生活，美中不足的是他們一直沒有孩子，有一天林某到附近山中去打獵，一箭就射死了一隻小鹿，他當時心中非常追悔，可是小鹿已死，回生乏術。他呆呆地抬起頭來，看見眼前一道瀑布，自高空傾瀉而下，濛濛的水珠，在陽光中散發著五彩光芒，蔚為奇觀，他不免看呆了。漸漸地，他又看見在五彩光輝中，慈悲的觀音大士，懷中抱著一個孩子，自遠而近。他趕緊合掌跪地，向菩薩膜拜。菩薩對他說：「你一直盼望有個兒子，我可以把這孩子賜給你，但你必須佛前發願，從此戒殺生靈。」他立刻伏地虔呼佛號，發了這個心願，而且抱著小鹿，把牠好好埋葬了。從此不再打獵，家中也不再殺雞鴨活魚等有生命的東西。第二年，他的妻子真的給他生下一個白胖的男孩，他一看就跟觀音菩薩手中所抱的孩子一模一樣，他夫妻又到瀑布前膜拜謝恩。後來這個瀑布就定名為觀音瀑布。這個傳說是否真實，且不必追究，而一念之善，必得善報，卻是顛撲不破的真理。這個林姓居民在射死小鹿之後，心中的追悔

便是善念，他一定隱隱中已對自己發誓，從此再也不打獵了。所以放下屠刀，立地成佛，「大慈大悲、廣大靈感」的觀世音菩薩，也就是他自己的「良知善心」，徹悟了天地間生生不息的至理。他自己既然盼望有一個兒子，就應該懂得「生命」的可貴，親子之愛的偉大，和殺害生命的殘酷。我想瞻仰觀音瀑布勝景的千萬遊客，也一定會因這一段美好的傳奇故事而深深受感動吧。

　　我的孩子幼小時，我常常把這些故事，講給他聽。告訴他，大自然中，別說是會爬會飛的昆蟲，會叫會跳的動物，就連一草一木，也有它們欣欣向榮的生機。許多草木，為了爭取生存，避免災禍，就有非常顯著的意志表示，只是肉眼看不出來罷了。我叫孩子守著一群螞蟻，看牠們搬運食物回窩時，那一副任重道遠的合作精神。孩子小小的面龐，神色非常凝重，可見得他是很受感動的。他曾捉到蜻蜓、蝴蝶，我叫他放了，他就把牠們放了，嘴裡還喃喃地說：「回家去，回家找媽媽。」他一直非常愛護小動物，直到現在快二十歲了，一回到家，就抱起小貓親著牠說「咪咪，喊我哥哥」。他一看馬路上無家可歸的小狗小貓，就要把牠們抱回家來，要我撫養。後來反倒是我狠起心來，叫他不要再給我添麻煩了，他生氣地說：「媽媽真差勁，說到做不到。」

　　這使我想起那部「鹿苑長春」的好電影，描寫父子二人入山打獵，父親被毒蛇咬傷了，必須用動物的肝來急救，正看見一隻鹿在為小鹿哺乳，父親在萬不得已的心情下，舉槍射死母鹿，取了牠的肝治病。可是乳鹿的聲聲哀鳴，令人腸

斷。父子二人把牠抱回家撫養，牠漸漸長大了，成了孩子的
好朋友。可是頑皮的小鹿卻天天闖禍，偷吃牛奶，衝倒籬笆，
踩壞了苗圃，母親為了疼愛孩子，不忍處罰小鹿。最後把他
們辛苦種植而且已經成熟的玉蜀黍全部吃光，一家賴以度日
的糧食都成了問題。母親實在忍無可忍，一雙顫抖的手，舉
起槍來射死了小鹿。孩子悲痛小鹿之死，怨恨母親的殘忍，
負氣出走，還是父親把他找到，開導他很多話，才把他勸回
家來。這部電影，我欣賞了三遍，每次都使我熱淚盈眶。在
生存競爭中，當彼此的生存機會衝突時，究竟誰該是犧牲者
呢？人類的智慧無法解答這個問題。真的是老子所謂的「天
地不仁，以萬物為芻狗」嗎？

　孩子天性本來仁慈，愛心是非常容易培養的，因此我想
如果把中國一些古老的民間故事，抽去迷信的部分，加以改
寫，未始非優良的兒童讀物。但願這一代的兒童，長大成人
以後，以他們的愛心，創造和平康樂的世界，使這個世界，
再不要有紛爭、欺騙、殘殺，那該是多麼多麼的好！

玉女靈貓

　　我沒有女兒，因此前前後後，收了不少個乾女兒。如今這一群乾女兒都在國外。她們忙於讀書，忙於工作，已結婚的身兼數職，當然更忙。她們在與時間賽跑中，給自己的「濕媽」所寫家信，都像打電報似的只有寥寥數語；我這個乾媽，逢年過節，給我寄張花花綠綠金光閃閃的賀卡，就算有無限孝心了，我還能對她們苛求什麼呢？說實在的，「慰情聊勝於無」，實在是「慰情已等於無」了。現在，兒子又已遠離身邊，惟一承歡膝下的就是「貓女」凱蒂了。

　　凱蒂已兩週歲，一身純黑毛，油光發亮。眼睛是翡翠綠的，有時對你脈脈含情，有時對你虎視眈眈。據說黑毛綠眼珠的貓是泰國種，可以上譜的，但我從不注意品種的。我相信任何一個愛小動物的人，都不會功利地因種之不同，而愛有差等的。凱蒂之成為我的「獨養女兒」，也和過去收留的「貓兒」「貓女」一樣，都是從馬路或水溝中撿回來的「棄

嬰」。我曾寫過一篇〈家有醜貓〉，說明了她的可憐身世和我收養她的經過。

　　我對於凱蒂，可說是威信不立，她要跳到我膝上、肩膀上，甚至爬到我胸口，翹起鼻子對準我吹氣，都得由她高興。她餓了要吃飯，就在我腳背上咬一口。如嫌飯煮得不對胃口，再來咬一口，而且咬得更狠，邊咬邊嗚嗚地罵。此時，我一面低聲下氣地給她重新調味，一面還不斷地誇她聰明，嘴巴刁得可愛。外子聽了又好笑，又好氣，說我是前世該她的，說我當年撫養兒子都沒這麼大耐心。我對他說，養育兒女的心情不同，期望他長大了成為正人君子，所以必須管教，不能縱容溺愛。對動物就不懷這分期望之心，溺愛點無妨。他說：「對動物一樣管教，要她知道家有家規。而且愈懂規矩，也就伶俐可愛，不信看我的。」說也真奇怪，凱蒂對於他，可真是既敬且愛，每天一聽他鑰匙開門聲，就到門口等他，然後在他腳背打個滾表示歡迎。他看電視新聞時，她就畢恭畢敬地坐在地上，仰首望著他。他不伸手摸她，她是絕不敢跳上膝頭的。不像對我，進門時視而不見，絕不迎接。叫她時愛理不理，不假辭色。我不明白這是什麼道理，外子說：「很簡單，跟教孩子一樣，把握原則，令出必行，絕無通融，千萬不可將就。」他這個一點一畫的人，處理任何事都非談原則不可，倒沒有想到凱蒂反而服了他。動物豈只有第六感，而且還能明辨是非呢。但儘管凱蒂對我予取予求，我還是疼她。因為白天我不上課時，就只有和她相廝守，她究竟解除我不少寂寞。而且有了她就有話題，每天外子下班回來，一

進門就要告訴他凱蒂闖了什麼禍，凱蒂咬了我幾口，然後看他俯身撫摸她時那一臉慈祥中透露的得意。我也暗自得意，因為我畢竟還是贏了。也是由於聰明的凱蒂之合作而贏的。因為，他一直不贊成我養貓，在凱蒂以前所有的貓，他都不喜歡，而凱蒂卻贏得了他的愛。凱蒂居然了解人性中的一個弱點就是喜歡奉承，她乖巧地以奉承取得他的歡心。凱蒂也兼有人性中的一個弱點，就是欺善怕惡。我，是她欺侮的對象。幸得我不但不在乎，反而甘之若飴。記得《聖經》上有句話說：「人家掌你一記右頰，你再把左頰也給他掌。」這當然是寬恕精神的最高標準，只有神才做得到，血肉之軀的人是沒有這大氣量的。但養一隻小動物來折磨自己，也多多少少可以鍛鍊自己的寬恕與容忍程度。凱蒂長得如此清秀、高雅，完全是閨中少女風度，她溫馴時懂得百般討好，撒野性時抓我、咬我。我竟一點也不對她生氣，因為動物本來是沒有理性的。她雖無理性，卻也沒有惡意，再怎麼說，她是愛我、信賴我的，知道即使傷了我，我也不會傷害她。再有一層，對動物除了愛和照顧，不會期望她對你有所報答，在感情的天平上不必求其平衡，在心理上反而能夠平衡。

　　我欣賞凱蒂的還有一樣，就是她的「飲食起居」，規矩到「一絲不苟」的地步。外子說是被我寵壞了，我卻說她是擇善固執。比如說她不吃隔餐飯，每頓飯魚都得為她烤得香香熱熱的才吃，再餓也不掏垃圾桶。吃飽了睡在固定的沙發上，還得用抓子把靠墊拉下來墊著，擺好一定的姿勢才睡。冷天裡，她一定睡在我腳邊，絕不越雷池一步，大清早一定咪唔

咪唔去叫男主人起牀。卻絕不跳上他的牀。她不喝盆子裡浮著一層灰塵的水，聽我們一開水龍頭，就跳進洗手盆，就著龍頭上喝涓涓滴滴的活水。因她如此的潔身自愛，我給她起名為「玉女靈貓」。

近半年來，凱蒂時常心緒不寧，有點「不安於室」的樣子，想來玉女已經懷春了。我想讓她生一窩小貓，看她如何教育子女。可是外子堅決反對說，一之已甚，其可「多」乎？有人勸我送醫院動一下手術，免去許多麻煩，我總覺得不忍心。為了給自己解除寂寞，把她關在公寓房子裡，縮小她的天地，已經很抱歉。若為了免麻煩，而剝奪她生兒育女的權利，更是違反自然律。如果凱蒂知道，人類是這般自私的話，她咬起我來，可能還要狠一些呢。

生　機

　　我羨慕朋友們懂得蒔花藝術，不是在屋頂上闢出一座花園，就是在小小陽臺上培養起姹紫嫣紅。每回去訪友人，抬頭觀望，儘管是公寓樓房，也有佳樹青園，庭前綠滿的盎然情趣。我呢，屋子裡、陽臺上，都是光禿禿的，一片「文化沙漠」，內心十分慚愧。好心的朋友特地為我培養一棵蘭草送來，還教了我照料的方法。我白天把它放在屋裡接受炭酸氣，夜晚捧到陽臺上呼吸氧氣、澆水、加蛋清。為此小心翼翼地侍候了一個多月，眼看幾綹葉子好像硬朗了一陣，卻漸垂頭喪氣而終於枯萎了。去年住在郊區的一位友人，送我一盤羊齒蘭，說是最能適應環境，完全不必費心的，也是蓬勃一陣子，又歸枯萎。其實我不是個四體不勤、「草木」不分的人，我只是埋怨自己不能與草木通情。我倒也記得柳宗元〈種樹郭橐駝傳〉中，郭橐駝所說順應樹木自然之性的話。但怎麼個順應法，還是得有一番修養，一套學問。花木不比小動物。

牠們會跳會叫，會對你撒嬌，會發脾氣，第六感非常的強烈。而草木呢？默默地，靜靜地，任你百般殷勤，它好像無動於衷。它是否有喜怒哀樂，無由得知，我發現自己養花養草，是非常勉強的，可以說是由於一分不服氣，甚至附庸風雅的虛榮心。探討到這種心理以後越發感到慚愧而索性放棄蒔花的念頭了。

外子卻和我不一樣，他對動植物一視同仁。他的「哲學」是：動物的蹦蹦跳跳，能吃能叫，見得天地好生之德。草木欣欣向榮，見得大自然的生生不息。人既為萬物之靈，自能有慧心領受這分快樂。但也不必執著，為它們的興旺或萎謝而唏噓嘆息。否則，「百憂攻其心，萬事勞其形」，將不得樂享天年，還有什麼靈心智慧可說？所以他對我所寵愛的小貓，和鄰家矮牆邊、陽臺上的花花草草，都抱著同樣欣賞的態度，卻絕不自找麻煩去種花養鳥。

去秋，他卻做了一件破例的事。是我把一株枯萎了的萬年青丟棄了，他卻把它撿起來，剪下頂端，插在水瓶中，不久底端又長出細鬚來。我驚喜不已，他說：「本來嘛，萬年青就是萬年青，生機十二分興旺。是你太性急了，幾幾乎斷送了它的生命。現在你不必多理會它，只隔幾天澆足水就行了。」就這麼任其自然地，它越長越精神，一片片嫩葉芽爆出來。奇怪的是葉片自動轉向陽光。而且每片葉子尖端總有一滴小小的水珠。這一發現，也引起了外子的興趣。他對著它端詳良久說：「你說動物有第六感，而植物知道迎接陽光，吸收雨露，不也有第六感嗎？其實你不要過分地照顧它。如

給它太多的感情，對它太深的期望。它負荷太重，承受不了，所以枯萎了，這也叫做第六感。」他的「哲學」又來了。

我想再試試，又向朋友要來一棵細細的蘭草，毫不經心地把它擺在一個大貝殼裡，再放在一個長方形玻璃盤中，周圍加些水草。靈機一動，把一組白磁小鵝，一對水鴛鴦也放在綠葉叢中，看去就像一方小小池塘。蘭草長得非常快，從正中央冒出一片片嫩葉，那一分綠，直綠到你心底，實在令人喜悅萬分。這一方寸的池塘，就成了我向朋友誇耀的主題。

我對於綠的興趣越來越濃，找出許多小瓶小缽，把「池塘」孳長的綠草，分插其中。琴几上，書桌上，到處的擺，戲稱之為「綠豆芽」，真個是滿屋的綠，滿處的芽，充滿了一片生機。

漫談譯名

　　外國牌子的化妝品 Revlon，譯為「露華濃」，音義俱佳，會使人聯想起《紅樓夢》中的玫瑰露和芙蓉露，透著一股撲鼻的清香。有一種汽車牌子叫 Cortina，中譯「跑天下」，也譯得非常貼切，予人以馳騁之快。相反地，前一陣子曾有一種進口的「人造肉」，聽了就叫人渾身冒雞皮疙瘩，立刻想到《水滸傳》裡的黑店。可見譯名是何等重要，必須別具匠心，予人以鮮明、清新、愉快的感覺。我在中學時才開始看翻譯小說，覺得俄國人名都是什麼「基」，什麼「夫」的，就產生抗拒心理，對故事本身，也比較難以進入狀況。英美小說中人名常常不離約翰、羅勃、瑪琍、露西……，又有點千篇一律，缺乏親切感。倒是傅東華譯的《飄》，他把男女主角名字譯為「白瑞德」、「郝思嘉」、「媚蘭」、「韋希禮」，至今都記得。書名譯為《飄》字，亦引人一股飄忽不定的感覺，非常貼切。假如直譯為「隨風而去」，便索然無味了。

　　黃文範先生譯《古拉格群島》時，曾打算以「酷勞改」代替「古拉格」，音既相近，又可「望文生義」，真是再好沒有。但因「古拉格」三字已為讀者所習知，只好從眾了。在五月號《書評書目》黃先生的〈西洋新書評介〉一文中，介紹《古拉格群島》第三卷時，也曾多次提到「酷勞改」三字以代替「古拉格」。我在中學時，美國老師給我取的英文名字是 Beatrice，照聲音直譯當為「碧屈麗絲」。可是我偏偏把它譯成「碧川」，叫起來既順口，又含有綠水之意。那時全班同學，每人都由洋老師賜洋名字一個，但到今天，除了我自己的，別人的一個也不記得。有一年，一位從海外歸來的朋友對我說：「你的同學貝蒂問候你。」我一時不知她說的貝蒂是誰，直到她說出中文名字，我才恍然想起，她原是我最知己的同學之一。這位同學一直僑居海外，給我寫信從不署英文名字，也很少在信中鑲英文字，除非萬不得已才寫，還再三要我下次去信時，一定得告訴她那個字的中文字眼應當是那一個。可見得喜不喜歡「洋」，跟居住海外的久暫是沒有關係的。

　　幾年前，我們幾個朋友一起跟好幾位美國朋友學英文會話。她們卻都喜歡學中國話，久而久之，她們都說得一口流利的國語，而我們的英語還是那三句半。因為覺得用自己的語言，表達自己渴切想表達的意思，真是好痛快。我相信如果我們一直和那些美國老師顛三倒四說 yes, no 的話，我們的思想一定溝通不了，感情一定無法增進。因為外國人回答「是」或「不是」，在文法上常常跟我們反一面。豈不把我們

的好心也當成惡意了？那些美國友人都有音義貼切的中文名字。有的是我們給取的，有的是她們早已取好的。她們回國時，我們所贈的紀念品就是青田石刻上中文姓名，真是別饒情趣。其中一位在這裡生了個胖男孩，我們給取名「念華」，也可說是東西文化之交流吧！

外國人士的姓氏中譯時，如能音義兼顧，當然是最好。例如前年美國華李大學中國語文學系主任訪華時，他的中文名片印的是賀豪德，和他的名字 Harold 聲音非常接近，意義又好，他真不愧為中國語文系的主任了，因此我們都稱呼他賀先生（其實他姓 Hill）。這跟當年外國人稱呼美總統為艾總統森豪一樣的有情趣，而且聽來順耳。

中文名字，無論單名或兩字，都包含一分意義。或顯示志向，或表現性情，或提醒自己的缺點，或紀念出生時地等。而西洋名字除了紀念先人，一世二世三世取同名以外，也許只為通俗好記。（我不知道每個名字是否都代表一個意義，不敢信口開河。）如果課堂裡或會客室中有幾位同名的，就得連名帶姓的叫。不然的話，一聲「瑪琍」，或一聲「約翰」，幾個瑪琍或幾個約翰都同時回答，豈不麻煩？最有趣的是「約翰」這個名字，竟又是美國年輕人對廁所的雅稱。如果你問廁所在那裡，按照文法得加上一個指定冠詞。你若不加冠詞，就變成問「約翰先生在何處」了。

記得喬志高先生曾寫過一篇文章，說明自己這個筆名的來歷；他本姓高，名克毅，出生在美國，為了報出生，雙親臨時隨便填上「喬治」這個名字。到了後來寫文章時，他靈

機一動，把「喬治」二字拆開，以「喬」為姓，以「志高」為名。於是由一個百分之百的洋名字變成百分之百的中國名字。而「喬志高」之名，亦即蜚聲中外文壇。讀者們即使以為他姓喬名志高，也是順理成章的。因為「喬」本來就是個響亮的好姓氏，「志高」亦有述志之意。喬先生（我的意思是高先生）真是有靈感。

我那年在美國愛荷華大學作客時，歡迎會上有兩位年輕美國女郎以生硬的中國話和我交談。我怕她們記不清中國姓名，就把塵封數十年的英文名字搬出來告訴她們。邊上一位中國朋友大笑說，「你用不著說英文名字，她們都有中文名字。」湊巧的是她倆一個叫鄭珍，一個叫白珍，和我的珍字正好相同，我們就一見如故。有一次，三人在一個小餐室進餐。兩個美國「珍」說國語，我這個中國「珍」反而說英語。原因是為了各人都想爭取學異國語言的機會，三個人都結結巴巴的，聽得邊上的美國人都投來好奇的眼光。

話題扯遠了。我的感想只是中國人應當保持中國人自己的特色，要以自己的語言文字為榮。為了方便，取個洋名字在某些場合使用是應該的。自己中國人，即使老張老李的喊，也比叫威廉、彼得聽來順耳些。老祖宗既然給了我們這麼豐富的詞彙，供我們自由選擇，何必捨近而取遠，還得捲起舌頭才說得出來，怪累的呢。

故鄉與童年

　　故鄉是離永嘉縣城三十里的一個小村莊，不是名勝，沒有古跡，只有合抱的青山，潺潺的溪水，與那一望無際的綠野平疇。我愛那一分平凡與寂靜。更懷戀在那兒度過的長長的兒時生活。

　　春天，溪水綠了，我光著雙腳坐在清可鑑底的溪邊，把腳伸在水裡，讓小魚悠游地吻著我們的腳趾尖，更不時吐點吐沫逗引它。父親提著釣竿來了，竹橋邊已一字兒排開了三張小竹凳，那是老長工阿榮伯伯給擺的，洋鐵罐裡裝滿了釣餌。浮沉子落下去，魚兒上來了。父親樂得連連把煙筒敲著灰，又把釣起來的魚兒偷偷放回到溪水裡。媽與老師都信佛，每天叫我唸一卷《心經》與〈大悲咒〉，童稚的心靈也懂得慈悲為懷，也不忍心看活潑潑的魚兒被烹調後放上餐桌。阿榮伯伯提了滿盒子的米粉炒蛋絲，媽也在後面一搖一擺的出來了。我瞅著父親全神貫注在釣竿上，把他的一分也一掃而光

了。薄暮時分，雖然提著空水桶回家，可是帶回來的是一家的歡樂。

父親愛自己開汽艇，常常帶起我們從後河解纜，一直駛向城裡。不寬不窄的河水，被掀得白浪翻騰。看一隻隻烏篷船在浪頭上飄然滑去，船夫們都好奇地笑開了嘴與父親打招呼。「十八灣」是這條河上最美的地方，每一個水灣的前面都好像被矮矮的青山擁抱住了，望去沒有出路。可是船頭一轉，雙槳又撥出個水灣兒來。兩岸的垂楊松柏，夾著杜鵑與山茶，在迷濛的春霧裡，彷彿把船兒搖到了天上。

從河埠頭到家門口，中間是迂迴的田疇阡陌，嗅著菜花香，閒步在亭亭的麥浪裡，滿眼是一片青黃相間的天然絨毯。太陽從屋脊升起來，從山凹裡落下去。五彩的雲霞與地面編織起錦繡般的世界。我和鄰兒在半山腰裡挖番薯吃，又與放牛的牧童在平坦的石頭上擲石子。那個輸了就罰挖番薯，直待砍柴歸去的農夫看見了痛罵一頓，才藏了滿口袋的番薯回家。

屋子左面是一片茂密的桃樹林，桃花結子的時候，父親著了短裝，親手捉蟲剪枝。母親和我把紙袋小心翼翼地套上逐漸肥大了的桃子。調冰雪藕的盛夏，母親取下紙袋，鮮紅清香的水蜜桃照眼欲醉。揀了最大的供在佛堂裡，我就虔誠地在佛前膜拜，一雙圓圓的眼睛卻盯著那一盤又大又紅的水蜜桃。

菓園是母親的寶藏，院子裡扶疏的花木尤其是父親的愛寵。寒梅在雪裡報來了春訊，素心蘭在暖閣裡也吐出了新蕊，

垂楊自含翠而飛棉，紫薇飄香，牡丹山茶更點綴了滿院春光。我卻獨愛冰晶玉潔的白蘭花。初夏的清晨，我爬上高過粉牆的玉蘭樹，籃子掛在樹梢頭，採下的花兒，分贈給全村的小朋友們，淡淡的芳香裡帶來了一分友情的溫暖。

桂子飄香的深秋是母親忙碌的季節，也是我最快樂的日子。滿樹的桂花要待我搖落下來，仔細地揀去枝葉，篩去花托，一簟簟攤在秋陽裡晒乾。那正是秋收的時候了，母親忙著蒸糕做餅，撒上了金黃色的桂花，裝在提籃裡給收租的叔叔和長工做點心。母親不讓我這個「小搗蛋」在旁邊「幫忙」，不許在蒸糕的時候，把腳括在灶孔邊，說糕會蒸不熟的。又不許在開籠的時候先吃一塊。在旁邊動輒得咎，就跟著叔叔們偷偷爬上稱租穀的大船。在黑黝黝的艙位裡，只管呼呼睡去，直至熱騰騰的桂花糕香味衝進鼻子，我才揉揉眼睛，一躍而起，取兩塊最大的藏在口袋裡，跳上岸來。晨光稀微中，看船蓬上掛著紅燈籠，淡淡的光輝，映著深藍色的水波。欸乃一聲，船兒漸向波心搖蕩而去。

我最愛秋收時的那一分忙碌，黃騰騰的稻子割起來了，打稻子、挑稻草、送點心。望著籮中粒粒辛苦的米穀，農夫農婦們滿是皺紋的臉上泛起欣慰的微笑。我也在腰間扎起小簍子去田裡，把散落在泥土裡的穀子拾起來，裝滿了一簍又一簍，滿身是泥漿，滿心是歡喜，我們同樣分享大人們豐收的快樂。

然後是過新年，祭祖，拜佛，口袋裡裝滿了響叮噹的壓歲錢，嘴裡塞滿了甜蜜蜜的糖果。媽媽總把大年初一佛堂前

第一杯淨水給我喝，到今天我如果還能有一點慧根的話，那就是媽媽用淨水灌溉的。

　　兒時情景，歷歷似畫，可是美麗的十八灣，不復有清流，屋後桃花更是無人為主，故鄉故鄉，且讓我暫時在夢裡追尋，重溫童年的舊夢吧！

谷關小憩

　　救國團在谷關舉辦中小學老師野營研習會，我應邀前往講課，一共五天。對我來說，真是足足享了五天的清福。那是真正的清。山清、水清、空氣清、青年男女老師們的心更清。辦事人員自總幹事、組長以下，每一位都是那麼誠誠懇懇，合作無間，發揮了高度的工作效能。而國軍山寒訓練隊的支持協助，尤令人感動。

　　這一期是女老師調訓。也有一小部分高中在學女同學。當我走入講場時，那一張張健康、喜悅的臉，頓使我精神為之一振。因而在講課時，內心也像有說不完的經驗心得，願供諸大家。她們都紛紛於課後前來交談。真是振奮帶來了靈感，靈感增進了友情。她們本身都是在職老師，平日於教學中一定有許多心得，也一定有不少困難。如今相聚一堂，正可交換討論，集思廣益。我想比讀一冊教育理論的書得益更多。總幹事、組長都是精明幹練，熱心負責的女性，由於軍

政黨團的合作，和各項活動的策劃周詳可以看得出來，她們所排定的節目多采多姿。有演講、辯論、讀訓、野外寫生、攝影、寫作、舞蹈、炊事等比賽。於結訓典禮中頒發優勝獎。此外還有參觀青山發電廠的項目，使她們對國家的建設和科學的神奇力量有更深刻的認識。短短的五天，對她們身心的調劑、和課室以外各項智識的獲得實有莫大的幫助。她們馬上就要回到學校，以輕鬆愉悅的心情教導孩子們時，一定會回味起自己在青山翠谷之間，大家濟濟一堂的聽課，或是涉過溪流水寫生攝影時的頑皮活潑神情，因而對孩子們更增一分愛與耐心。

最後一晚的谷關之夜，使我感動難忘。我從沒參加過如此別開生面的晚會，操場上燃起明亮的燈光。由駐軍借與場地，協助布置。大家團團圍坐。不分演員觀眾，不分賓主，不分軍民，因為他們也參加節目助興。他們整齊的隊伍進場，唱著雄壯的軍歌。又表演了阿里山的土風舞，女教師們分區隊各自表演節目，每個節目都別出心裁，引人發噱。教歌唱的李教授，帶領全體，跳步法簡單、旋律優美的舞，無論你會不會，聽了歌聲，踏著舞步，你都會心花怒放，回復到青春年少。連一位嚴肅的師長，都不自知手之舞之，足之蹈之了。歌舞豈止使人忘憂，亦使陌生的心靈交溶。

我深深感到救國團每年所舉辦的暑期各項育樂活動，實具有深長的意義。因為漫長的溽暑，對於素性好靜的青年易趨於懶散鬆弛，而好動的則又苦於無適當去處，以發揮他們的動力。而這項活動恰恰可以引導他們走上教育與康樂合一

的正途。幫助他們擴大了智識領域，促進人際關係，也增進他們服務社會人群的責任感。因而對於祖國於危難中的復興倍增信心。我們國家在國際上處於如何不利的地位都不必氣餒，只要真正能自強。自強不是口號，也不是一件難事，只要每個人盡自己的職責，從自己的崗位上做起就是自強，接觸到朝氣蓬勃，純樸真摯的青年們，我的信心也更堅定了。

　　我住在軍人服務站，環境清幽，谷關是個群山環抱的盆地，不受外界氣流變化的影響。因此冬溫夏涼，氣候特別宜人。車過東勢時尚覺汗出如漿，一上山就涼爽如秋了。晚間須蓋薄被，也不必掛蚊帳，手倦拋書，耳中聽到的是樹梢的風聲，大甲溪的水聲和叢林中此起彼落的蟬聲。晨起佇立階前，或閒步幽徑，青山就微笑著向你迎面而來。如絮的白雲，飄在山腰。我真想採一朵披在肩上。我本是個比較愛水的人，山的險峻常使我感到高不可攀，望而卻步。谷關卻使我觸摸到山的美。這些山，不遠不近，不高不矮，是那麼平易近人，就像是相知有素，久別重逢的老友。我不但領會了陶公的悠然之趣，也更體味到辛棄疾「我見青山多嫵媚，料青山見我應如是」的境界。細雨如珠，把山洗得更明淨，對著這一片明淨，心也變得寬大而溫厚。回想一些令人煩惱或不快的事，都可一笑置之。古語說得好：「文章是案頭山水，山水是地上文章。」大自然是如此的美好無私，人，怎可再有所抱怨呢？

　　清晨與傍晚，我都散步過吊橋。我特別喜歡吊橋的搖搖晃晃，像飄蕩在半空中、雲端裡。這座吊橋比碧潭的小多了。碧潭的水看去是靜止的，此處橋下的溪水是急流的。站在橋

上，就像站在船心，船一直逆水向上移動。吊橋遠望尤為可愛，很像古樂器中的箜篌。記得我第一次遊碧潭時，曾有〈詠吊橋詞〉云：「我欲高歌一曲，更挽箜篌天半，此曲和誰同。禾黍中州夢，淚眼若為容。」屈指已忽忽二十餘年，又不勝悵然。

　　吊橋的一邊，有一家溫泉旅社，主人頗懂招徠旅客，曲檻迴欄，建築得疏落有致。沿著大甲溪有一座亭名鱷魚亭，倚欄俯視，溪中有一長形巨石，狀似鱷魚，伸著脖子在溪中飲水。亭中木牌記載，據專家判斷已有一萬二千七百餘年歷史。於開發谷關時始發現。此話不知可靠否？想想一萬二千餘年，是多麼長的時間，中國歷史多說才五千年，比中國歷史還長了一倍多，溪流岩石將會有多麼大的變化呢。亭邊有一株蘭花心木，山胞相傳，三十年前，此地為猴群出沒聚居之處，蘭花心木種子被猴子由深山帶來，落於此間石縫中生長壯大。如今樹根鎖著兩隻猴子，上下跳躍，相互捉跳蚤以消磨失去自由的歲月。人類是高等動物，在相生相剋中，總是佔了上風。深山大澤被開闢成遊人如織的觀光區，野性最大的猴子被鎖在此供人玩弄，我呆呆地對著牠們望，心中十分不忍，牠們也眨著眼睛直看我，一會兒向我咧咧嘴，像笑也像哭。牠們又何嘗懂得我為牠們不平呢？一條小小的橋通向另一座亭，木牌上寫著：「古時谷關有一塊千噸大石，石下有一猴洞，傳說是孫悟空修鍊成仙的水濂洞。」孫悟空居然成了歷史人物，旅店主人真是位懂得風趣的人呢。

　　在谷關五日，自覺心神怡悅，深悟靜中之趣，回到十丈

軟紅塵撲面的都市中，不禁自問仍能保持「心遠地自偏」的
心境否？

墾丁之旅

　　年歲一天天大了，反倒喜歡東跑西跑，喜歡坐汽車、坐火車、尤其喜歡坐長途火車。外子說我是個怪人，旁人感到厭煩的事，我偏偏喜歡。其實這和我童年時第一個印象有關。那時大約五歲，鄉下孩子進省城，大人把我抱進狹狹窄窄的火車廂。心裡卻興奮得像進了天堂似的。記得那節古老的車廂還挺講究，對面坐位中間伸著一條舌頭似的茶几，中間兩個圓窟窿。茶房端來兩杯茶，鑲在洞裡，是熱氣騰騰的檸檬紅茶，比現在的茶講究多了。父母親都不喝，兩杯全歸我。喝完了，父親一招手，茶房又端來兩杯，那股子又香又酸又苦又甜的味道，至今還彷彿留在嘴裡，因此幾十年來，我愛上了檸檬紅茶，也愛上了火車。一坐上火車，就有一分暖烘烘的安全感。手捧紅茶、靠著玻璃窗，眼送山巒雲樹、綠野平疇向後移去，鼻子裡聞不到馬路上的灰塵味，廚房裡的油煙味，課堂裡的粉筆灰味，心中好舒坦。陶淵明說「心遠地

自偏」，我體會不到他的心是什麼遠法。我一定得躲離煩囂，丟開工作，心才遠得起來。

這次外子服務的公司招商局為慶祝建國六十年及公司創業百年紀念，於雙十節招待同仁攜眷遊墾丁公園，我好高興。因為墾丁是個新開闢的觀光區，我們沒有去過，而且我又可坐一次過癮的長途火車了。一位遊過的朋友建議我們值得在新建的賓館住一晚，享受遠離都市的寧靜，聽聽風聲和海浪聲。我們既已省了火車錢，就決定在那兒住一夜豪華一番。

主辦遊覽的辦事人員非常周到，每人一張來回對號車票遞在手裡，魚貫上了預定的車廂，全是熟人，也就格外輕鬆自在。六小時的行程不算短，外子看了一陣書報後，就沉沉睡去。我是個最喜歡在搖搖晃晃的車子裡悠然遐想的人，這一下彼此都償了「偷得浮生半日閒」的心願，這就是老夫老妻的假期旅行與新婚夫婦的蜜月旅行之不同處。人生的旅程就是這般的，由綺麗絢爛趨於平淡，愈平淡也就愈雋永。

晚九時到高雄，住進價廉物美的旅社，適度的冷氣，柔和的燈光，軟綿綿的地毯，沖一個澡，坐在舒適的安樂椅裡，從玻璃窗俯瞰高雄繁華的燈市，沒有感到一絲旅途的疲勞。作為一個現代人，怎麼能脫離現代文明的享受。可是我是農村出身的人，過分享福，時常會有一種「折福」感。外子是學經濟的，他就笑我鄉氣，「國民生活水準的提高是工業社會進步的好現象，不消費怎麼能刺激生產，促進繁榮呢？」他又在對我發揮大道理了。想想確實不錯，在個人經濟能力可能的範圍內，適度的享受不算浪費。即使至聖先師生於今日，

他也絕不會拒絕住觀光飯店，因為他是聖之時者也。於是我也心安理得地入睡了。

次晨七時半動身去墾丁，主辦先生已租好三輛專車。不必排隊，不必看錶，不必辨方向，這真是一次最輕鬆的旅行。到了墾丁，先訂好房間，再去公園遊覽。

賓館客房有兩種價格，靠海的四百元，靠山的二百元。我們作了樂山的「仁者」，落得省二百元。反正冷氣開放，門窗緊閉，山和海都被關在門外了。且只要散步草坪，縱目遠眺，水光山色，可以盡收眼底。大自然風景原是取之不盡、用之不竭、無分等級、無分貴賤的，逆旅主人偏偏要把海的身價抬得比山高一倍。山水有知，豈不要笑人類的愚昧？

公園離賓館並不太遠，主辦先生遞給我們一張指南圖，第一個景色是茄冬神木。進門口步行數十步就到了。一棵千年高齡的神木，如果是攀登懸崖，於迂迴崎嶇中發現，便帶有天地悠悠的神祕氣息。而今神木卻敞開枝枒，平易近人地兀立在遊人如織的大道邊，那一派深山大澤中敖岸沉雄的氣概消失了。它本身所啟示的歷史意義亦不復引人發思古之幽情。我站在樓下，不免悵然。但是再看看蒼老的樹幹，中間已空得成一個洞穴，可見得愈是年高，愈是大君子虛懷若谷。而它頂上茂密的新枝嫩葉，仍有賴老幹老根為它們輸送營養，樹猶如此，我們人怎麼可以自嘆為「無根的一代」呢？

離神木不遠處，一株不大不小的樹下默默地長著一顆小菌，像圓圓的傘翼似地張開、下垂部分像細密均勻的網，全身呈乳白色，形狀像故宮裡精工雕刻的象牙擺設。其玲瓏精

緻，使人不忍用手去觸摸，深怕破壞了它的美麗完整。人類常自詡巧奪天工，看了這株菌覺得天工仍無法巧奪。可是它嬌嫩不勝，只像曇花一現，被幸運的我們看到了。而它的轉瞬消逝，實無法和距它丈餘處的千年神木相比。但就生命的本質而論，就宇宙整體而論，原無所謂短暫與永恆。我不得不套一句東坡居士的名言：「自其不變者而觀之，則物與我皆無盡也」，聊以解嘲了。

「銀葉板根」倒是名符其實的一種奇特的樹，可惜忘了樹名。它的葉子呈銀白色，迎著太陽閃閃發光。樹根像一片片的厚板，一根根的向四面八方奔瀉伸展，大部分都暴露在地面，我們坐在板根上拍照，表示到此一遊。

一看「望海臺」的名稱，想像中就出現一片波濤壯闊的大海。誰知它只是拾級而上，在石堦轉彎處豎一塊木牌，題上「望海臺」三字。何處是臺，何處望海？設計的人為了招徠遊客，也顧不得名實不符，難怪外子說「不可不來，不必再來」了。想起大陸上多少壯麗河山，無論是知名的不知名的，不必任何美稱，都引人尋幽探勝，嘆為觀止。單是我第一故鄉雁蕩瀧湫的雄偉，第二故鄉杭州西湖的秀麗，那真是景景有其特色，四時早晚氣象不同。百遊千遊不厭，何至像今日，僅方寸之地，便標了十五處琳瑯滿目的美景。而短短兩小時，就可一覽無餘。因此，無論是從大陸來的，或是生長在臺灣的，誰不懷念、誰不神往我們的錦繡河山呢？

「觀海樓」是一座六層小樓，一至四層是方形的，可由電梯直上至五層，五六兩層是圓的，第五層是餐廳茶座。快

餐二十元，味道不談，可以充饑。咖啡牛奶等價格公道。沒有「刨黃瓜兒」的意思。大家都樂於坐下來休息進餐。圓樓四圍是鋁窗鑲厚玻璃。風聲嗚嗚，拂窗而過，室內很暖和。我說「如此孤零零高樓，颱風來了怎麼辦？」外子說「絕不必擔心颱風，因為它是圓的。任何方向的風都從兩邊滑走了。這是建築學原理，也是處世之道。太極拳不也是一個圓的道理嗎？」他喝一口咖啡，滿臉都是哲學。圓確實是個放之四海而皆準的道理。圓是無始無終的，也是最穩定的，它與圓心的距離永遠不變，一失均衡就不圓了。圓是圓通廣大而不是圓滑。為人處世乃至政治都是如此。

　　更上一層樓便可觀海。也就是我們在賓館陽臺上望到的那一片海岸，在一座人工建築物上觀海之一角，與登高山之巔觀浩瀚大海，胸中感受自是不同。不過能到此一遊便值得高興了。下樓時我們一層層走下來，每層牆壁設計不同，有的用各色貝殼砌成圖案、有的用各型木片，或現成的竹茶盤貼上，倒也別緻。

　　「觀日峰」封閉不得上，我想即使不封閉，在此日正當中之時，也無奇景可觀，我曾在杭州的初陽臺守候日出，在韓國的吐含山上觀日出，所以此處的日出，就暫把它留在想像中吧。

　　所謂的「棲猿崖」原不是什麼崖，更不會有猿棲其上。仰望高處有一座雨傘亭，是白色石質亭，為了保留有餘不盡之味，我們就不上去了。

　　仙洞是一個天然洞，裡面是黃黃的岩石，空空洞洞，無

曲折之美，且又點綴了五彩燈泡，更破壞了自然氣氛。想起杭州的水樂洞，清泉發出淙淙的音樂之聲。即使是人工的黃龍洞也有迂迴曲折之妙。不過話又說回來，有此一處自然的仙洞，也已勝喧囂的人間無數了。

使我最欣賞的倒是垂榕谷。那真是名符其實的谷，四周全是數百年以上的榕樹蒼老的莖根，沿著岸壁奔騰而下，有如滾舞的龍蛇，從天而降，蔚成奇觀。這些榕樹，已不知它們的年齡，用手觸摸樹莖，那堅硬的實體，給予我一種時間與空間結合的神奇感受，那樣扎實，卻又是那樣深奧得難以言喻。

「一線天」這一類的名稱，好像到處都有。此處的一線天也只是略備一格而已。既不那麼「一線」，上面的天地也就無奇特之感了。倒是邊上的一彎低垂的老藤，像幼稚園裡的搖籃椅，坐在上面拍照，給遊人添了不少情趣。

「第一峽」三字聽來如雷貫耳，好像四川三峽之一。舉目望去，卻不見峽在何處，只見一塊「遊客止步」的牌子，擋住了去路。此是最後一景，我們也就興盡而返了。

我們是照著指南，按圖索驥式的一步步的前進。心理上就缺少尋幽探勝的興奮與驚奇感。何況路又是如此平坦，徐徐行來連汗都不會出。想起宋朝的大文豪柳宗元在永州，第一次發現西山奇景時的那分驚喜之情，絕非觀光事業發達的今日旅客所能領會。可見名山勝跡，異草奇花就像飽學的隱士一樣，被傾仰的人，崎嶇迂迴地發現，俯仰其間，兩相晤對，便有一分知己之感。此李白之所以與敬亭山能「相看兩

不厭」；王維能整日「獨坐幽篁裡，彈琴復長嘯」。此種情趣，在今天被開闢的風景區，沿著說明指標一路行來，是很難體會得到了。那麼我們難道就讓好景埋沒山中，讓參天神木與天地共終始，而不為世人所知嗎？如果沒有今日的交通設備，我們又何能遠道來此，盡一日的遊興，瞻仰神木的蒼勁之姿和垂榕谷的奇觀呢？我為自己的矛盾心理感到茫然了。

除了觀賞風景，我的最大嗜好就是購買小玩意。徘徊在小商店前面，對著琳瑯滿目的小玩意，這樣那樣看看摸摸，自覺有十二分樂趣，這種樂趣，外子無法與我同享。反而在一旁頻頻催促「快走快走，這些東西有什麼道理？臺北有的是」。我卻只顧自己欣賞，買了好幾個桃核雕的小花籃。

賓館的餐廳陽臺，視野很廣闊，可以遠眺海浪銀波，在早晨的陽光裡，閃爍發光，好像少女頭上的髮夾。浪潮拍向岸邊，捲起一層層迷濛的白霧。天空中白雲捲舒，陽臺像在後退，我恍如坐在大輪船的甲板上，感到飄飄然。

我們的拍照技術都不十分高明。彼此又都不贊同對方所選擇的背景。人總是這樣，不斷的爭執，不斷的協調，顯得既幼稚又愚昧。對著照相機鏡頭裝笑容，僵僵的，像凍結在臉上的一層蠟殼，剝都剝不下來。等洗出照片來，自己看了才要笑出聲來呢！

鵝鑾鼻因多年前去過，這次沒有再去。那座孤零零的燈塔，十餘年來，不知換了多少守塔人。燈塔總意味著遠離塵俗的淒清的美，它更逗人遐思。我幻想自己如果住在塔裡，每天送夕陽，迎素月，數風帆沙鳥，聽海上濤聲，我不知是

否能耐得起這分寂寞，忘得了世間的得失榮枯呢？記得那一年從鵝鑾鼻歸來，轉往四重溪。在恆春候車一個多小時不見車子，大風捲起滿路塵沙。天色漸暗，人地生疏，真有點「日暮途遠，人間無路」的遑遑然。後來與一個不認識的旅客同租一輛小車，趕到四重溪，一見到旅邸燈光，心頭就是一陣溫暖。可見我無法離群索居，絕做不了燈塔的守望人。時隔十餘年，交通的突飛猛進，驅走了原始的荒涼。而「一春風雨四重溪」的幽美淒清，卻在我心頭留下難以忘懷的印象。此次限於時間，未能舊地重遊，固然遺憾，卻也保留了有餘不盡之味。

綠遍澎湖

　　飛機一臨空，我的心情就有著奔向另一個世界的興奮。這個世界，在我想像中，一定多少帶有幾分原始的荒涼感。可是當飛機著陸時，展現在我眼前的，竟是如此遼闊壯麗的氣派。平坦的柏油馬路，兩旁伸展著無邊無際的一片綠。這蓊鬱的樹林，是本島軍民二十多年來辛苦的培植。莫看它們在輕風中搖曳生姿，每年十月以後，六個月的狂飆似的強風，帶著海水的鹽分，把所有的枝葉掃蕩得半邊枯黃。可是春天來臨時，他們又蓬蓬勃勃地恢復舊觀了，樹是吹不倒的，人更堅強，這第一仗就打贏了。

　　進了市區，抬頭看天空，電視機的天線林立，每根上都裝有穩定器，俾於大風中收視不受影響，而居民百分之九十都有電視機，彩色的都有好幾架。足見他們生活水準之一斑。大眾傳播使前後方人民的感情思想密切地結合在一起。所不同的是他們於安居樂業中，顯得更具警覺性，更有自律精神

和奮鬥意志。

　　澎湖縣長看去就是位實事求是的地方好長官，他向我們簡要地介紹了當地文化復興運動推行的情形，並懇切地提到，希望每年的大專聯考能在澎湖設考區，以免考生來往奔波，費時費錢，這倒是有關當局值得考慮的一件事。

　　《建國日報》是軍民合營的報紙，也是軍中第二大報，社長張彥秀先生樸實無華。全社同仁都發揮了高度的克難精神。該報每日出刊一大張，〈海風〉副刊頗有可讀文章，尤具特色的是「新視界」與「綜藝」專刊，是當地各項娛樂內容的報導，與電影故事的介紹；一方面是代替廣告的不同方式，一方面也可提高居民的閱讀興趣。但因經濟來源有限，故在樓下設立「建國文化事業服務社」，經營圖書文具紀念品等等，由同仁兼辦營業事務，以期於自給自足中，徐圖發展。唐紹華先生在座談會上建議他們地方報可多多刊登地方消息，如漁民生活及各行業情況，且可由他們自己提供資料或撰稿，充分發揮地方色彩，也代替了廣告，可以豐富版面，將讀者、作者、報社打成一片，吸收廣告，增加訂戶。這倒是一個活潑的經營方式，如該地區文化水準日益提高，稿件來源亦將可以增加。

　　因我們停留的時間短暫，在市區就只遊覽了馬公東郊的孔廟，孔廟一稱文石書院，進至聖廟大門牌樓左側，就可看到一塊石碑，刻有「文石書院」四個字。碑下地上有一塊大石板，可能是當年師生講學受業之處，惜原建築物已不存在，無法辨認，此廟建於嘉慶年間，原祀文昌帝君，後改祀孔子，

已拆除重修過,是澎湖最早的官立學校。院內有文魁閣,可以登高眺望遠近勝景。庭院中樹木修剪得非常整齊,於蔥蘢濃蔭下俯仰低徊,似已呼吸到古城悠久的文化氣息。

馬公與白沙之間,有一道一千餘公尺的長堤,名為中正橋。汽車快速地在堤上奔馳,飄飄然有臨虛御風之感。正午的陽光照耀海水發銀白色。視野之遼闊,令人塵念頓息。想像如在朝曦夕暉中來此散步,海上奇觀,更將如履彩虹,進入神仙世界。對這條臥波的長虹,我已驚嘆不止,沒想到更有一項震撼我心靈的偉大工程,緊接著就出現在我眼前。那就是舉世聞名遠東第一巨大工程的跨海大橋,接連了白沙與西嶼二島,似乎沒有人能相信,在水速每秒三公尺,和強風巨浪的不斷威脅之下,工程人員能在大海中施工,可見眾力擎天,二千一百多尺的跨海大橋完成了。奇蹟的出現,足證我中華民族冒險犯難的過人智慧和毅力。紀念碑上銘刻著七位為此工程殉職的勇士姓名,同樣的也銘刻在全國人民的心中。瞻仰著先總統蔣公凝望著大橋的銅像,深感一位偉大領袖給予全國人民的啟迪,豈僅限於有形的工程建設而已。

西嶼鄉南岸的西臺古堡,令人發思古之幽情。這是李鴻章於清光緒十三年時,為防臺灣海峽被賊寇侵襲而建的砲臺。四周是高築的牆垣,垣上原有四門十九世紀的大砲,可惜現已不復存在,古蹟未能善加保護,深感遺憾。牆下是四通八達的隧道,儼然地下堡壘,十分堅固。清廷曾於此訓練水兵。光緒二十年,曾與荷蘭軍五千人作戰。可見李鴻章於國防戰略上頗具見地,若非清廷腐敗,亦不至迭受外侮。攀登牆垣

之上，一片廣闊，有著天地悠悠的蒼茫之感。附近有一門水泥雙管巨砲，是二次大戰時，日軍引誘盟軍投彈的假砲，前方一個巨坑是炸彈痕跡，日軍這一花招固然是兵不厭詐，可是在戰後的外交途徑上，總當以誠相見吧。

燈塔永遠是逗人遐想的，何況在遠離繁華的外島。塔的扶手欄干、玻璃窗等都拂拭得光可鑑人。可見守塔人的負責。我們攀登上最高層，看海面陽光閃耀，似乎這深不可測的海就一直是這般風平浪靜。卻難以想像守塔人終年在聽強風巨浪的怒吼。他端坐在此方寸之地，這一盞指引航行方向的明燈，對海上的船隻和對守塔人都有同樣深的啟示。我進入那間小小工作室，看到書桌邊的一架電視機。科學文明驅走了守塔人的寂寞，我想像中的一點詩情畫意也同樣被驅散了。

最使我難忘的勝景之一是通樑村的古榕。相傳已有三百五十年的壽命。清康熙年間，有一隻商舶駛經澎湖時，遇暴風沉沒，卻有兩株小小的榕樹苗漂浮到海岸，為村民拾起種植在一座保安宮前，就此漸漸長大。但因海風強大，樹枝不能向上伸展，自然地適應環境，便向四面八方展開，枝條下垂及於地面，便又吸收營養成為支幹。如此者已發展到五十八株垂根。佔地半畝餘，枝連葉茂，蔚為奇觀。俯仰於濃蔭華蓋之下，天然的生機予人以無限神奇之感。

進了林投公園，那滿眼的青蔥蓊鬱，幾疑身在江南。木麻黃經人工栽培，在帶鹽分的土地裡，竟已成一望無際的森林。把為國捐軀的軍人公墓圍繞其中，正象徵中華民族的氣壯山河。行盡茂密的樹林，便是海濱。佇立良久，想捕捉住

一排滾滾而來的白浪，卻因鏡頭移動了，未能沖洗出來，可見雪泥鴻爪，要留痕跡也並不一定能如願呢。

主人羅司令與楊主任，款待我們以海鮮美味，餐後的特產甜瓜，至今齒頰留香。真不信澎湖多鹽的土地，能培養出如此好的瓜來，可見人定勝天。聽說澎湖缺少淡水，而成功水庫於落成之後，一夕之間，天降甘霖，灌滿了水庫，真是自助天助。那麼大片大片尚未能被利用的土地，一旦用科學方法，開發成為良田美地，發展農業、漁業，增加生產，而澎湖的天然勝景，尤可開發為一個上好的觀光區，使國際人士了解我們苦幹實幹的克難精神，則澎湖前途，正有無限光輝。

歸途中，我自雲層俯瞰海島的神奇、雄偉和磅礴氣象，又默默回味著文藝座談會上，純樸真摯的三軍戰士和社會人士們熱烈的討論，尤令我懷念難忘。內心的歡愉與感動，豈是筆墨所能形容的呢！

學英文趣事

　　我的英文程度很淺，年事日長，記性又壞，學英文邊學邊忘，完全是消遣。早晚在廚房洗刷時，轉開收音機的教學節目，邊聽邊想自己的心事。偶然一個字跳進耳朵裡，好像別有會心，就沾沾自喜起來。與朋友聊天時，就愛販賣剛學來的字，做出很有學問的樣子。我特別喜歡記字母多的長長的名詞，因為名詞給人一種看得見、摸得著的感覺。又沒有時態變化，省事多了。要表現英文時，鑲起單字來也方便。比方說「百科全書」這個英文字相當長，我居然一下子就記住了。有一次，為了奉承一位學問很好的人，我說：「你是一部 encyclopedia。」朋友問：「你說什麼？」我想大概是讀音不正確，嚇得再也不敢作聲了。

　　我還有個毛病，常常張冠李戴。比如小黃瓜 cucumber 和一個不太好的字「妾」concubine，都有兩個 "c" 和一個 "b"，我居然把它們攪和在一起。有次在朋友家吃飯，我說：「好喜

歡吃 concubine。」朋友大笑說：「啊！你好厲害。」弄得我面紅耳赤。又比如沙漠 desert 和甜點心 dessert，那麼不相干的兩樣東西，卻只差一個 "s"，這我倒記得。因為想起初中時老師為了要我們分辨這兩個字，唸了一句「沙漠中沒有甜點心」叫我們聽寫。我卻寫成了「甜點心中沒有沙漠」。老師說：「沒錯。甜點心那樣柔軟，當然裡面沒沙漠。」老師好幽默。她想了個辦法教我說：「甜點心上有好多個 "s" 形的奶油花，所以甜點心這個英文字中間多一個 "s"。」這一下我記住了，至今不忘。

那位英文老師諄諄善誘，教學花樣百出。那時每月有一項英文表演會，全校各班比賽。我們初一表演造句。每人身上掛一塊白紙牌上寫一個字母。老師說：「我是一個小女孩。」所有的字母就走出來，順序排列成一句。我程度差，永遠當「句點」，排在最後絕不會錯。後來總算進步點了，當 "I" 也沒錯，因為最簡單的句子，"I" 總排在第一個。

老師還教我們表演英文字謎，一個同學張雙臂作飛舞狀，另一個同學一手拿一塊麵包，一手拿把西餐刀，邊追邊在她身上輕輕地刮。這是什麼字呢？原來是 butterfly。一個女同學拿手帕擦眼淚，做出哭泣的樣子，謎底是 crisis，再一個字是一個女同學站在一塊橫放的門板下面，謎底是 misunderstanding。老師還告訴我們說，英文裡最長的字是 smiles，因為兩個 "s" 中間隔了一哩，好有趣。她的教學法非常活，基本文法都溶在很淺的日常語言裡，我們上英文課就像做遊戲，只擔心下課。這位老師一度休假回美國，高中二

三又是她教。那怕是既深奧又乏味的課，她都教得你心領神會。可惜我不用功，高中畢業後又念了中文系，英文都還給了老師，現在腦子裡就只剩下這幾個可憐的單字，任憑我張冠李戴，笑話百出。真是八十歲學吹鼓手，老大徒傷悲也。

最近有位朋友，知道我喜歡聽學英文的笑話，她說：「英文動詞還可以拆開來鑲。」她曾聽到人說，「一切都確定了，還 con 個什麼 sider 呢？」因此我也學著這個拆字方式說：「年紀已經一大把，還為英文 wor 個什麼 ry 呢？」

外子是四川人，鬢毛已斑，而鄉音不改，學英文當然更吃力。他聽英文教學節目，卻是聚精會神，心無旁騖。我如果在邊上一打岔，他就說「不要第斯抖婆 (disturb)」，我說「是德波，不是抖婆」，我旁聽時隨便撿到一個字，卻又一知半解，課後問他那個字什麼意思，他想了半天，一板三眼地說：「那個字不重要，我已經福格特 (forget) 了。」你說我們還有什麼希望？他在辦公室，與同事討論關於電腦資料的問題，常常提到「蛋撻」，原來這個「蛋撻」不是吃的，而是英文的 data。幸虧同事都習慣他的四川英文了。

記得多年前，我在一篇小文裡不自量地引了一句雪萊的詩，馬上出錯，承梁實秋先生賜函指正。至今心感不已。我現在已經徹底覺悟，莫說引詩引文，連單字也不敢亂鑲了。多幾個英文單字，就能讓人覺得你學貫中西嗎？

兩　代

　　一大清早，我從睡夢中被驚天動地的「狂喊狂叫」音樂吵醒，又聞到一股嗆喉鼻的香煙味。才想起寶貝的獨養兒子，已經從遠道歸來了。四個多月為他在海上的愁風愁雨，總算可以放下心頭一塊大石，燻煙味和接受叫囂熱門音樂的迫害，實在是心安理得了的。

　　我把語調放得極溫和地問他：「聽熱門一定要開得聲震山岳嗎？是不是你一大早心裡就空虛得發慌，非得把自己掩埋在噪音中呢？」

　　他一聲不響，拍嗒一下把錄音機關了。我笑笑說：「你別關，只不妨放低一點，我並不反對熱門音樂。我也希望了解你們年輕人的心理。」他哼了一聲說：「你既說它是噪音，就證明你永遠無法了解年輕人心理。如果你一旦真能了解下一代，那你就年輕了。」

　　我啞口無言，為他沖好牛奶，烤好麵包。他大口地喝著，

吃著。吃喝完了，打火機拍嗒一下，燃起一根香煙。我說：
「也給我一根吧！」他咧了下牙，遞給我一根，母子對坐，
默無一語。我在咀嚼著他剛才那句話：「如果你一旦能了解下
一代，那你就年輕了。」心頭一陣悽然。我還能再年輕嗎？
那意思是說，我還能做兒女的朋友，與兒女談心嗎？可是誰
不曾年輕過，誰又不是父母的兒女呢？我當然不必留戀「天
下沒有不是的父母」那個舊時代，可是要去適應「天下沒有
不是的子女」的新時代，這種三明治的夾心人物，滋味確實
不好受。許多寫專欄的青少年問題專家們的文章裡，都在「教
育」做父母的如何去了解子女，甚至「孝順」子女，他們可
曾教育子女們如何準備他年自己做父母呢？不錯，他們收到
的信件，往往是年輕人的訴苦與牢騷，他們也許不大聽到做
父母者的心聲，因為父母們沒有那麼激動，也不相信他們解
決得了問題。他們甚至可以想得到，執筆的先生女士們，本
身也許正遇到同樣的困惱。「代溝」、「反抗期」等名詞，都被
用濫了，歐風美雨的衝擊，是不是要把父慈子孝，兄友弟恭
的中國傳統道理連根拔呢？其實這種看法或擔憂都是表面層
的。東西方對事物價值觀念雖不同，但基本的人性是相同的，
西方人講「愛」，中國人講「仁」，就包含了孝慈，也就是愛。
只是在表現的方式上不同而已。中國知識分子的父母，無不
有開明的頭腦，接受新方式。所以，我認為青少年教育專家
們，要灌輸道德觀念的對象是子女們而不是父母們。父母們
已被整得夠慘了。教育措施之未能盡如人意，社會的奢靡之
風與五花八門的引誘使人嘆息「難為父母」，如果說，萬方有

罪，罪在父母，對於盡心力教育子女的父母說是不公平的。當然作奸犯科的青少年的父母是罪無可逭的，我指的是以理論的根據，振振有詞怪父母不了解他們的聰明可愛的孩子們。

　　我永遠不會忘記三年前在美國特地去訪問的一位黑人，他以充當樂隊喇叭手所得工資，獨力辦了一個青少年輔導所，稱之謂 Half Way Home，因為他看到許多孩子們與父母一言不合或不如意，就逃家外出，茫茫然無所歸。有些孩子，流浪了一個時期，深感「金窩銀窩，抵不得自己家的草窩」。想回家而不敢。他於是設了一間簡陋的屋子，接待他們，開導他們，逃家的勸他們回去，想回家的送他們回家。因此稱此破屋為「半途的家」。他一年不知拯救多少迷途的羔羊。他貧窮而笑口常開，夥伴們稱他為「小小的人兒有顆大大的心」。我問他兩代之間是否有「代溝」，他說「代溝」不是可怕的字眼，那是表示有進步，就如同樓梯的一級一級之間的距離。錯誤的是有些人過分強調他的不可消弭。他又咧開嘴大笑說：「我沒有受過什麼教育，我只記得父母愛我，所以我也愛孩子們。」他的話簡單明瞭。我於是又想到孔子的弭仁字，從二從人，兩人之間，不也是有溝嗎？而這個溝應當是如何溝通，而不是鴻溝的溝。

　　隔壁屋子又響起振耳欲聾的熱門音樂，我耐著性子對自己說：「這不是噪音，這是年輕人的心聲。」我回味著兒子剛才說的那句話：「你一旦了解年輕人，你也就年輕了。」我不由得調侃地自言自語道：「你一旦懂得做父母的心意，你也就不年輕了。」

最後一支煙

　　有一次參觀煙酒公賣局，招待我們的主人講了兩個故事：一位體貼的太太每次買菜時，總不忘記為她吸煙的先生帶回一兩包香煙。後來聽說香煙可能導致肺癌，在談癌色變聲中，太太就勸先生戒煙，因而也不再替他帶煙回來了。先生幽默地說：「你還是別勸我戒煙吧，過去你替我買煙時，我每回點上一支煙，就會體味你的無限溫存，如今沒有了煙，心裡空空洞洞的，煙雖然戒了，你對我的好處也統統忘光了。」另有一位太太，每當先生買煙時，她都把一分等量的錢，丟在一個匣子裡。當年終結帳時，太太倒出匣子裡的錢，對先生說：「你看，這就是你一年裡吸煙所消耗的錢，多浪費？」先生一看確實是一筆不小的數字，他下決心說：「好，不抽了。」到了第二年結帳時，問太太：「我不吸煙，你該省下雙倍的錢了吧。」可是太太的匣子卻是空空的，因為先生不買煙，她也就不存「相對基金」了。先生大笑說：「你看，吸煙

不但不浪費，反倒可幫你養成儲蓄的習慣呢。」

　　這兩則故事是推銷香煙的最好宣傳，一定也是癮君子們津津樂道的最好吸煙理由。其實吸煙確實有一分悠閒的情趣。吸煙的人最愛說的一句話是「飯後一支煙，賽過活神仙」。據說飯後抽煙，最易引人上癮。因為吃飯是人生大事，能吃一頓痛痛快快的飯，放下碗筷，躊躇滿志地點起一支煙，慢慢兒吞吐，有助消化。戒煙的人，最怕人家在飯後給你遞過一支煙來，你如搖手婉謝，他一定會說：「別那麼嚴重，飯後嘛，來一支。」於是你就無可抗拒地接過來了。

　　我聽過很多吸煙的朋友說，戒煙最易也最難，一生不知戒多少次煙，也不知破多少次戒，吸而後戒，戒而復吸，最後還是找個不戒煙的理由，以求吸個心安理得。即使醫學界宣布肺癌的原因百分之五十是由於吸煙，他們也會說，如果另外的百分之五十是由於空氣污染的話，那麼機會各半，縱使不因吸煙致癌，也一樣可由空氣污染致癌，何況後者已成為大都市中無法解決的問題，個人戒煙又何補於事呢，這當然是詭辯，也是掩耳盜鈴之說。我個人認為，凡事只要恰到好處，都是有利而無害。吸煙如能以欣賞生活情趣的心情而吸，則寫稿者可有助文思，日理萬機者可鬆弛神經，朋友晤談時可以促進話題，一時心煩意亂時可以排除煩憂，但如吸到一日數包，臉有「煙」色，即使不得癌症，也是心為「煙」役，實在沒有什麼享受可說了。我故鄉稱吸煙不上癮的人謂之「抽爽煙」。我覺得這個「爽」字最值得玩味。凡事如都能以一分「爽」的心情去接受，便覺得輕鬆愉快，得之不會過

分喜，失之不會過分憂。記得很多年前一位高年父執，因胃病不得不戒煙。初時覺得很難，他後來想出個辦法，採用遞減方式，偶然抽一支，如再想抽時，他即以薄荷糖含口中代替，心裡想著最快樂得意之事，或閱讀最喜歡的書籍。久而久之，癮頭逐漸淡去，後來養成即使接受旁人勸煙也不再上癮的習慣。從戒煙中，他還悟出一個養病之道。就是心情放鬆，任其自然，病未除時不焦急，病去再發時他也不擔憂。他覺得有一點輕微的胃病，正如偶然抽爽煙，是不會有什麼害處的。那時患癌症者的數字還沒像今天這麼驚人，而說實在的，即使煙能致癌，而「百憂攻其心，萬事勞其形」也未始不可致癌。我說這話並非勸人抽煙，而是說無論抽煙、戒煙，都當有一分和悅心情，則抽也不會有癮，正如飲酒而不沉湎，那麼戒也不會痛苦了。

　　宋理學家講究「明心見性」，要求「此心把握得住」。有一次一個病人問陽明先生「格病工夫最難，當如何著手？」先生答道：「常快樂便是工夫。」現在我把這道理借來說：「吸煙要吸得快樂，戒煙也要戒得快樂。」如果時時在說「這是最後一支煙」而一天不知抽多少個「最後一支煙」的話，倒不如從「飯後一支煙」逐漸減少呢！

從生日卡談起

　　一位美國人士說：他們美國人，非常重視年輕一代的生日，尤其是孩子們，到他們的生日，長輩一定給他們買禮物，遠地的就給他們寄生日卡，讓他們覺得自己又長大一歲，獲得無窮的快樂。至於老一輩的，年紀愈大，愈不願記得生日，老年人時常說：「我沒有生日，我已忘了我是那一年生的了。」這當然是一種擔心來日無多、老之將至的心理。

　　這和我們中國人過去的情形正相反，小孩子的生日並不重要，因為他們來日方長，小孩子過生日要折福的。上了年紀的人，才要好好過生日。七十、八十、九十乃至百歲以上的人瑞，才是福如東海，壽比南山。這一分敬老尊賢，這一分孝心，原是我們東方民族的特有美德。可是時到今日，這一分美德已被歐風美雨沖淡，甚至完全消失，說來不能不令人感慨係之。

　　固然，現在有所謂母親節。可是我可以肯定地說，沒有

一位母親重視自己的節日，也沒有一個兒女在母親節那天，犧牲自己的課業或玩樂，為年老的母親分一點點勞。在異地的，若能想起來寄張祝賀的卡片，讓母親一聞紙上康乃馨的香味，那個兒女就是值得讚美的孝順兒女了。

　　我沒有女兒，一個兒子，原是粗心大意的，我從不對他盼望「溫情」，過去他念小學時，到了母親節，老師會要他畫一張賀卡給媽媽。我呢，從不會忘記他的生日。現在長大了，他再也不會有心情畫張祝賀母親節的卡片了。倒是在母親節那天，他記得買了康乃馨去獻給女友的母親，後來一談起，好幾個朋友的男孩都如此。我們都會心地笑了。記得母親從前常常說一句話：「一代歸一代，茄子拔掉了種芥菜。」我們都是茄子，該拔掉了。仔細想想，西方家庭重視小輩的生日，實在是合於人類綿延種族的自然情態的。西方人很理智地說，撫育兒女是人類的天職，你應當盡職責，本來就不必望報的。子女們長大了自然有他們對下一代的職責。中國人根據倫理，講孝道，可是子孫們又不能盡孝，所以感到空虛痛苦。如果也能如西方一般，面對現實，以理智處理感情，不就少了許多煩惱嗎？

　　想起孟子解釋孝字，說事父母不僅口體之養，而且要養父母之志，使父母深深地感受兒女之孝，出於至誠。他以曾參事曾皙，與曾元事曾參為例。說曾參侍父親吃飯時，如父親問他某一樣菜下一餐還有沒有，曾參就知道父親喜歡這道菜，即使沒有了，他都回答有，然後千方百計再弄來給他吃。可是曾元侍奉曾參時，曾參如問某菜還有沒有，曾元就直說

沒有了。孟子認為這兩代的事親，在養志方面，程度上就有很大差別了。這個故事，在現代人是不可想像的事。聖賢定出這樣高的標準，要一般人做到談何容易？我們也不必再感慨世風日下，凡事退一萬步想，各人盡到自己本分就好，不必苛求對方，何況親子之間。

《紅樓夢》裡的跛腳道人〈好了歌〉唱著「癡心父母古來多，孝順兒孫誰見了」，其感慨原是今昔相同。但，個個兒孫豈不有一天也都成為癡心父母嗎？

日行一善

　　每天早晨打開報紙，如果看到社會新聞關於拾金不昧、捨己救人，以及無名氏捐助某某貧病交迫者若干金錢時，內心那一分喜悅與敬佩之忱，使你如沐春陽秋露，感到人間充滿溫暖光明，這一天的工作情緒，也似乎特別高昂。同時也會想到，除了照顧自己的家庭，為自己的工作忙碌以外，更應當勻出心田的一角，為旁人做些什麼有益的事。因此我想起先父屢次對我說的「日行一善」這句簡單的格言。這話後來成了童子軍的格言，使我更加敬佩先父的遠見。

　　善的範圍是非常廣泛的，「殺身成仁」、「捨生取義」是大仁大勇者之事，我們平凡人實難以自期。但在日常生活中，細微末節的小事，比如一舉手之勞對人的協助，一句由衷的讚美鼓勵之詞，在個人經濟力量以內的金錢捐獻，也未始不是善事。一想到善，就立刻想到真與美。因為行善必出於真心，而真與善必然是美的。孟子說孺子墜落井中，立刻要去

救他，並非為了要內交於孺子的父母，也不是為了想要譽於鄉里鄉黨。那一分救人的善念，是無私的，是最真最美的。孟子稱它為「惻隱之心，人皆有之」。所以同情心乃一切美的根源。

舉幾件小事為例：有一次，因外子在國外久久沒有來信，心中未免掛念。忽然電話鈴響了，竟是他的越洋電話，簡短地報告平安。通話完畢以後，卻是他公司那位接線小姐柔和的聲音告訴我，那是外子打到辦公室的公務電話，因尚餘一分鐘的寶貴時間，她設法把電話接到我家中。在她是一舉手之勞，可是一分鐘的交談，解除了我一個月的牽腸掛肚，叫我怎麼不感激她的敏捷與細心體諒人呢！放下話筒，我一直懷著感謝，除了感謝她以外，我也感謝所有的電話服務小姐，她們那分敬業樂群的精神。誰說這個社會缺少熱誠呢？

另有一次，在公車上，一位老太太上車把兩塊五毛給服務小姐，她搖搖頭，叫她下一站下車去買票。我正想把自己的公教票遞給她請她卡兩個洞時，另一位乘客立刻遞給她一張車票。老太太要把錢還給他，他笑一笑婉拒了。這是常常見到的情景。兩塊五毛錢是太小太小的數目，可是人與人之間的同心協助卻不是兩塊五毛可以計算的。尤其難得的，是那位服務小姐臉上的冰霜也解凍了。車到站時，她伸手扶老太太下車，連聲說「小心」。我下車時，對她微笑地讚美：「你的服務態度很好。」她也笑著說聲「謝謝」。下車以後，我頓覺大地陽光普照，人間充滿溫情。相信這位小姐這一天都會以愉快的心情，迎接煩瑣的工作。

這是多麼微小的事情，可是一片祥和氣象，就是許許多多微小的善行累積起來的。

中國古語說：「積善之家，必有餘慶。」其實這並不是什麼因果報應，而是行了善事，無論大小，內心便感到快樂，這分快樂不就是善報嗎？

我母親是位心腸善良的舊式女性。她晚年，空閒時也喜歡搓搓小麻將消遣。輸贏以一百枚銅板為限。母親名之謂「銅板麻將」。那時一塊銀元可以換三百枚銅板，三百銅板，夠她老人家娛樂一個月。因為她總是輸的，輸得好開心，她每回換一塊銀元時，就留起三十枚銅板丟在香煙盒裡，如難得贏一次，也抽出十分之一，丟入盒裡。那是要作布施乞丐用的。母親說，自己娛樂了，更應當想到苦難的人。她的教誨，時時在心。

因此我想到，如果我們能在為自己購買一件心愛之物時，以價金的十分之一存放起來。遇有一筆意外收入時，也抽存起十分之一，作為社會福利的捐助金，日積月累，這一筆「所得稅」與「消費稅」，不也是可觀的數字嗎？這一點善行是多麼輕而易舉，我真希望自己能每回都做到。

咖啡色的年齡

　　近十多年來，我對於顏色，好像除了咖啡，別無選擇。所有的衣服，不論四季，換下的是咖啡色，穿上的還是咖啡色，至多是厚薄式樣的不同。偶然心血來潮，換一種顏色試試看，但怎麼看都不順眼，最後，還是換上我的主色——咖啡。與朋友討論到衣服顏色時，也大部分都喜歡咖啡色。最後的結論是，到了年紀了，中年以後，進入了咖啡色的年齡。

　　什麼原因呢？我想是咖啡色最單純，也最穩定。就只深淺兩種，再淺就變成米色，再深就近乎黑色。分辨時比較簡單，配其他東西如提包、皮鞋、圍巾也好配，因為咖啡是一種深沉、溫和，能與任何顏色協調的顏色。還有人說咖啡最高貴，是文化水準高的歐洲人喜歡的顏色。這我倒不管，我僅僅是因為它的簡單明瞭。你想，紅色有桃紅、水紅、粉紅、橘紅、紫紅等等，綠色也有水綠、茶綠、蘋果綠、草綠等等。就連那麼可愛的藍色，都有天藍、寶藍、海軍藍、安安藍、

藏藍之分。只有咖啡色，你就說不出那麼多名堂來。這就好像一個人到了中年以後，萬紫千紅都過了，心如止水，能接納一切，也能沉澱一切，變成了一種溫溫的，說不出是那幾種顏色混合在一起的顏色，也許就是咖啡色吧！（我不是畫畫的藝術家，不懂得什麼顏色與什麼顏色相調會變什麼顏色，反正咖啡是一種混合色。）

　　顏色與味道不同，糖兒、醬兒、鹽兒、醋兒拌在一起，是什麼滋味，只有傷心人如林黛玉者知道。受盡了生離死別之痛，嚐盡了愛憎貪癡之苦的人也知道。所謂「如人飲水，冷暖自知」。因為那是深埋心底的「無言之痛」。而顏色是表現在外面的，穿上一種顏色，給人一分和悅、協調的感覺，內心也洋溢著平和與喜悅。把半生絢爛、暗淡、得失、榮枯，全忘了。就這麼簡簡單單，無愛無憎的一個人，多麼好呢？

　　想起母親當年，長住在農村，穿著又長又大的衣服，總是藍色。「穿紅著綠」好像對她一生都無緣。鄉下人也不知道有什麼顏色叫做咖啡色，所以母親一生都穿深深淺淺的藍。到了老年更是長年一件深藍罩衫。在我印象中，母親好像一片藍色的天空，沒有雲彩，也沒有星星、月亮、太陽。然而母親內心，難道一生都平靜如藍天嗎？在母親過世以後，我在她箱子裡找出水綠百摺繡花裙、紫紅繡花緞襖。但在我記憶中，她從來沒有穿過，也從沒向我提起過。可見母親早把萬紫千紅的歲月埋葬心底了。我在想，如果那時也有時髦的咖啡色的話，母親一定也會愛上咖啡色的。因為咖啡色包容一切，又是那麼的與世無爭。

　　說到咖啡色，也想起了咖啡的味道，那麼香，卻又那麼苦苦澀澀。許多人喜歡喝黑咖啡，不加糖，不加牛奶。這一點，我沒這麼高欣賞力，總要加足糖與牛奶，這才百喝不厭。現在飲食簡單，我一個人早餐、中午，都是一杯咖啡牛奶，獨自慢慢品嚐，心頭總有一分「辨味於酸鹹之外」的滋味，不是歡樂，也不是感傷，更沒有興奮。只覺得像在日落西山中，踽踽涼涼地走著遙遠的路程，回首前塵，是甜甜的，也是苦苦澀澀的。

　　真是的，為什麼會有這種感覺呢？當與三五好友在一起，高聲談笑，這個要咖啡，那個要清茶，那分興高采烈不就將寂寞驅走了嗎？何況咖啡色的年齡，也屬於同好的朋友們，忘年之交，正是言笑晏晏呢！

換你心，為我心

　　有一位青年朋友，看了我幾篇關於父母子女之間鬧「溝」的小文，打電話給我說：「你的許多感觸使我深思、反省，想想我們這些做子女的應當如何對父母。但同時我也以一個年輕一代人的心情勸你，千萬不要為兒子表現的漠不關心而感慨萬端。其實兒女們對父母都很敬愛，只是不願表露也不善於表露而已。就拿我來說，母親節沒到以前，就一直想著如何對母親表示我的愛，但到時候卻只給她老人家打了個電話，連一朵康乃馨都沒時間送。內心只是抱歉一下就忘了。因為我們究竟太年輕了。」

　　真感謝她這一段勸解。老一輩的於子女長大以後，感到空虛，一則是不免於望報答之心。二則是忘掉自己當年做子女時候對父母的情態。親子之愛既然是沒有任何條件的，又何必擺在天平上秤個輕重高低呢？

　　這位朋友又告訴我，她在家裡排行第二，上有姐姐，下

有弟弟，她儘管內心很敬重她姐姐，也沒一天到晚掛在嘴上讚美姐姐這樣那樣的。有時還得比個你高我低，可是在外間如聽到誰稱讚姐姐，她也感到與有榮焉。同樣的，她的弟弟在家裡從來沒表示佩服過她，可是有一次忽然聽他對朋友談起我二姐如何如何，那一副眉飛色舞的得意神情，顯然頗以有此一位二姐為榮。而她反而一時不知弟弟在說誰，竟忘了自己是他二姐。這就是手足之情的可貴。古人說「兄弟鬩於牆，外禦其禍」真是一點不錯的。

再拿夫妻之情來說，相信世間沒有一對夫妻不是爭爭吵吵過一輩子的，真所謂不是冤家不碰頭，像孟光、梁鴻那樣舉案齊眉、相敬如賓，那是神而不是人，與其過沒有喜怒哀樂的神的日子，不如過有悲哀、有憤怒、有哭有笑的人的生活。如果夫妻到了相敬如賓的地步，就已經沒有「愛」、沒有「情」，凡事都以百分之百的理智處理，生活還有何情趣可說呢？對家人與對賓客是不同的，回到家來，還要像作客，這個家還能讓你舒坦嗎？

有一位急性子朋友，忙起來時也會對丈夫「出言不遜」，她慈愛的母親規勸她不可對丈夫這樣發脾氣，應當心平氣和地說。她回答的很妙，她說：「丈夫是最親的親人，連對丈夫都不能發脾氣，我還能對誰發？那我不要悶死了？」此話真有道理。夫妻之間，應當可以相互發洩，但要緊的是一陣暴風雨以後的自我檢討，相互原諒，那一分雨過天青的晴明之感，尤為可貴。不然的話，為什麼詩人會說「雨後的青山，有如淚洗過的良心」呢？想想西方許多電影明星，閃電結婚

閃電離婚，離了再結，結了又離，絕對的自我中心、個人主義，就由於缺乏這分虛心檢討、相互原諒的情操。

　　一句人人愛提的詩句是「貧賤夫妻百事哀」，彷彿一切不幸都由於家庭生計。而以經濟繁榮，家家小康的今日來說，為生計吵架的成分已經很少，彼此不服氣、不退讓大都由於彼此的「優越感」作崇。在女權步步高昇中，男人就有點不是味道。男人們如果想想，太太能夠「經濟獨立、思想自由、能力平等」，豈非新家庭之福，他應當引以為榮才對。女人們亦當想想，丈夫不把家庭瑣務壓在太太一人身上是多麼開明的想法，如此你替我想想，我替你想想，不是融融洩洩，快樂無窮嗎？

　　記得母親說過一句話：「牙齒與舌頭是最親近、最分不開的，但牙齒時常咬破舌頭。舌頭出點點血，馬上就好了。有沒有聽說舌頭破了要抹藥的。所以夫妻吵架不用人勸，一下子就好了。」這是舊時代妻子的容忍哲學，希望今天的丈夫們，也能做做被咬破的舌頭，流點血，一會兒就好了。

　　「換你心，為我心，始知相憶深。」這是五代時寫愛情的詞，熱戀中當然會「換你心，為我心」，而老夫老妻，又未始不當「換你心，為我心」呢？不但夫妻，親子之間，亦當「換你心，為我心」，那麼所謂的代溝，也就消除於無形了。

赤子之心

記得很早以前讀過一篇文章，寫一個孩子在大人們談天的時候，默默地把桌上的茶壺嘴轉過來，正面對著幾個杯子。又把地板上的拖鞋仆著的翻過來，一正一反的也順過來，一雙雙擺好。大人們看他這麼勤快，就誇他說：「你好乖，你好喜歡幫大人做事啊。」孩子噘了噘小嘴，仰著臉對大人說：「我才不是幫你們做事呢，我是看茶壺媽媽太可憐了，背對她的孩子，怎麼跟他們說話呢？所以我把媽媽的臉轉過來。還有拖鞋仆著多悶氣呢！而且有的頭朝這邊，有的頭朝那邊，雙胞胎不能談天，太寂寞了，所以我幫他們轉過來。」

這就是充滿了同情的童子之心。在孩子的心眼裡，每一件事物都是有生命，有感情的。茶壺茶杯是母子，一對拖鞋是雙胞胎。世間還有比這更美好的想像嗎？面對著孩子，你真不忍心使他們受到一點委屈。

白宮祕書記載甘乃迪總統有一次舉行兒童園遊會，孩子

們正在吃奶油蛋糕，總統先生俯下身子去握一雙雙黏滿了奶油的小手，然後望著自己黏滿了奶油的大手，立刻送到嘴裡舐，咧開嘴對孩子們笑。這就是一位總統的童心。相信他絕不是為了討好小朋友，當時他確實是充分分享了孩子們吃奶油蛋糕的歡樂。

　　我非常羨慕在托兒所幼稚園當褓姆和老師的人們，終日對著天真無邪的孩子，可以忘憂。回想我在大學肄業時，也曾一度替人代課，當過小學三年級的級任老師，那時正逢聖誕節，每個孩子都送我一張聖誕卡，都是他們自己用蠟筆別出心裁地畫著寫著「祝親愛的老師聖誕快樂」。在聖誕樹的彩色燈光裡，他們一齊湧向我，一雙雙小手把卡片遞給我，齊聲喊著「老師，先拿我的」，我簡直不知先接那一張才好，覺得自己就像是他們的小母親一般。想起自己母親遠在萬里外的故鄉，因戰事音訊不通，面對著這一群孩子，不由得感極而泣。我偷偷地抹去眼角的淚水，卻被一個我最疼愛的小胖看見了，她邁著矮胖腿兒走過來，附在我耳邊悄悄地問：「老師，您哭了，您為什麼哭呢？」我對她說：「我太快樂了。」她茫茫然地說：「快樂了會笑，您為什麼反倒哭呢？」我越發忍不住眼淚，抱起她來告訴她說：「因為老師想媽媽。」她聽了把一對大眼睛望著我半天說：「老師不要哭，我把媽媽分一半給您。」多麼好心腸的孩子啊。我至今都不能忘記她這句話。想這可愛的胖女孩，一定早已做了媽媽，她一定願意把自己分一半給旁的孩子。

　　詩人瘂弦的愛女，聰明乖巧，有一天，爸爸吻了一下她

的臉頰，她用手背抹了一下，爸爸說：「小米，你嫌爸爸髒呀？」小米立刻說：「不，我要把爸爸吻過的地方抹開一些，抹大一些。」又有一次，爸爸吻了下她的小嘴。她用手指頭碰了下嘴唇，立刻感到不好意思，把手放下了。爸爸望著她笑，她說：「爸爸，小米是要把爸爸的吻揉進嘴裡去。」好聰明的小米，她懂得怎樣接受父母的愛，怎樣才不傷大人的感情。孩子的小心靈，無時無刻不與爸爸媽媽緊靠在一起。記得一位青年朋友寫了一首題名〈雨〉的詩：「我吵著要媽給糖吃，從八點吵到十二點，媽媽沒有罵我，一聲不響地走到窗前，轉過臉來對我說，天空傷心時就會下雨，我看見媽媽掉眼淚，媽媽，您是天空嗎？」

　　多麼感人，孩子何嘗要惹媽媽傷心呢？

　　孩子的心也是最脆弱的，大人們惱怒時，可千萬別傷了他們的心。記得有一次在火車上，看到一個約莫五歲的小男孩，坐在母親身邊，專心致志地在啃一個豆沙包，把四面八方的包子皮都吃光了，只剩當中最精采的一團豆沙，他珍惜地舐著，把豆沙舐得尖尖的像個小寶塔，貼在大拇指上。忽然一個急煞車，孩子的小身體一倒，那團寶貴的豆沙碰在隔壁一位漂亮女郎的衣服上，小男孩又心疼又害怕，不由得地大哭起來，母親卻是又氣憤又抱歉，一記耳光摑在兒子臉上。可憐的孩子，他多傷心啊。車到了，母親悻悻地一把提著孩子下車去了。可是他那一對淚汪汪的大眼睛，一直深深印在我心頭。我自己彷彿就是那孩子，又彷彿是那個憤怒的母親，心中滿懷歉疚之意。

　　我常常自問，當你在電影院門前排隊進場時，如有小孩向你兜生意買糖菓或愛國獎券，你是和顏悅色地向他買包口香糖或一張獎券，給他一點快樂呢？還是皺著眉頭喊：「走開！煩死了。」幾十元的電影票為你帶來兩小時的享受，與幾毛錢的利潤為孩子帶來的快樂又是如何相比呢？誰又曾比過呢？想到此，我黯然了。

破浪乘風——致兒書

楠兒：

今天收到你信，知道你已從巴拿馬回航。我又在屈指計算你到家的日子，你也一定歸心似箭了。

四個月的海上生活，和機艙中的辛苦工作，給了你不少磨練，從你的信中，看出你已有很多領會，也成熟得多了。這使我放心不少。

最近，又有一件事是特別值得告訴你的。那就是我參觀了海軍軍艦。因為你也在海上，當我一跨上軍艦時，立刻有一分感覺，我們同在一個海天之間，甚至好像你就在我身邊。每一個浪潮，都好像從你那兒湧來，帶給我無限親切之感。

軍艦駛出外海，船身有點搖擺，許多文友都感到頭暈不適，我立刻跑到甲板上，望著海面，反倒舒服多了。因而想到你以前信中告訴我，開始也暈船，還得當班工作，感到很苦，逐漸也習慣了。這就是生活的磨練，磨練是從每件小小

的事上做起，軍官告訴我們說，當海軍開始沒有不吐的，可是吐了絕不能倒下，那怕把苦膽水、胃血都吐出來，仍得撐著，撐著就挺直起來了。這是他們當軍人自勵的起點。也是孟子所說的「勞其筋骨，餓其體膚，空乏其身，增益其所不能」的具體表現。我看他們一個個體魄強健，精神飽滿，圍繞著我們談笑風生，而且說了許多海上有趣的故事，指點我們抵抗風浪的方法，內心不禁油然起敬。

平時常常說「乘長風破萬里浪」，只不過是筆底文章，並沒有真實的體驗。那天站在軍艦前端，眼看他們把穩了舵，真個是破浪前進，才領會到萬事面臨實踐時，並不像嘴說時那麼輕鬆，而是需要一分定力，和一分信心的。這分定力和信心，乃是由於全艦官兵密切合作而來的。他們彼此信賴，彼此配合。比如說前進的準確方向，就由左右兩位士兵的方位報告中，計算出來，軍艦在進港時，艦長親在指揮臺上，發號施令，穩若泰山，舵手只要聽命令把定方向盤，軍艦就徐徐靠岸，毫釐不差。若自作主張，則差以毫釐，謬以千里。這就是艦長的那分定力、把舵者信心和服從的至高表現。

當我們進餐時，菜餚豐富，還有餃子、西點，全是他們自己做的。指揮官告訴我們說，全艦士兵，都各有工作崗位。平時也各有做菜、打掃等雜務，但一聲備戰令下，即刻各就各位，全體武裝起來。他們隨時在戒備中，也隨時在輕鬆中。這正是平時如戰時，戰時如平時的訓練。

那時將近農曆新正，家家都在準備過春節，而最前哨的官兵，卻是加緊巡弋，使後方得以安心歡度新年。想到這一

點，怎麼不令人由衷感激他們的辛勞。指揮官與艦長說，他們沒有年，沒有節，沒有一定假期可以回家探望。有任務出航，家中可能三五個月以至半年得不到音信，不知他們究竟身在何處？回到基地，才偶然與家人通個電話，就感喜出望外，這種先國而後家的偉大精神，又焉得不令人肅然起敬呢？

我望著軍艦前面，浪花洶湧，據說這是最最風平浪靜的四級風，高到八級九級，那才是真正的壯觀，而他們依舊意定神閒，破浪前進。因為他們已鍛鍊成鋼鐵般的意志，有著排山倒海的信心和定力。這使我想起在中學時代，一位老師鼓勵我們的話。他說：「在大海洋中遇到大風暴時，你的禱告不是說主啊，求你使風暴平息。而是說主啊，求你給我勇氣，給我力量，給我信心，給我智慧，使我能克服風暴。」人生在世，就像船隻航行在大海洋中，隨時會遇到風暴。你必須以自己的力量克服風暴，而不是軟弱地依賴上帝。因為上帝即使對你平息一次風暴，還會有第二次、第三次的風暴接踵而至。你必須以自己的勇氣、信心、力量、智慧，去迎擊每一次的風暴。

老師當年的箴言，我如今又有了新的體認。這也正是蔣經國先生《風雨中的寧靜》一書中所不時啟迪的。風雨飄搖中，心靈能保持寧靜的人，必然是有勇氣、有智慧、有信心、有力量能克服一切困難的。

楠兒，你現在正面對壯闊的大海，萬頃波濤，日出日落，一定會給你很多啟示，你是個重感情的人，你是不是覺得海

有時像個多情的少女，有時又像一個狂暴的怒漢呢？

　　夜深擱筆，數你歸期不遠，心中至為安慰，祝你身心健康。

學英雄本色──再致楠兒

楠兒：

　　自從你上船以後，我一天天在計算航程，今天你該到那兒，明天又會到那兒。我雖按照船期表寫信寄到預定停泊之處，但總擔心你是否收得到。因為從接你發自巴拿馬的一封短簡後，一直還沒再收到你的信。今天，久盼中的信終於來了。你已到了紐約。在紐約，爸爸的老同事伯叔們，一個個都對你非常款切。張伯伯還招待你逛電影城、超級市場。投入這個聞名已久的花花世界，你感到目眩眼花，不知看什麼好，買什麼好。想儘量控制錢包，結果還是瞎買了一大堆東西，花了一筆驚人數字的錢。你幽默地寫了「奈何，奈何」四個字。孩子，這也實在難怪你。媽媽也是個最愛逛超級市場，瞎買東西的人。美金兩毛五、五毛、一塊在心理上覺得很便宜，可是回家拿新臺幣一乘就是一大把錢，卻又後悔莫及。第二天，經過另一個超級市場，又不禁被引誘進去。後

來我改變辦法，每看到一件想買的可愛小東西，先拿新臺幣的倍數跟它的標價乘一下，覺得所費不貲，就不捨得買了。你是初次見世面，新奇之感，實在非你小小年齡所能抗拒，你只要在買的時候想到這樣小玩意某阿姨一定喜歡，那樣廚房用品媽媽一定大為讚賞，另一個小皮夾某朋友一定說「我正需要」，那麼你在買的過程中就是一分情誼上的享受，買回分贈親友更是一分歡樂。你爸爸總說我太簡省，我倒覺得自己在買小禮物上還是挺慷慨的呢。所以我勸你已經買了就別後悔心疼，帶回家來，廣結人緣，你還會嫌不夠呢。

　　你說今年是第二次不能在家過春節，感到很遺憾。記得去年也在船上過的春節，來信說船上舞獅，有同樂晚會，船長還分壓歲錢，同事們彼此送禮物。覺得好熱鬧開心，今年你的語氣不同，心境不同了，你很想家，離開家更覺家的溫暖。媽媽心裡既高興又惆悵。高興的是你已長大，懂得別離滋味了，惆悵的是，為了使你能學習更多智識，讓你小小年紀，幾度遠渡重洋，連應當全家團聚的農曆新年，都不能在家吃年夜飯。但再想想，人生本來就應當接受多方面的錘鍊。無論是心智上的，體力上的且不必用「男兒志在四方」的大格言勉勵你，在這五花八門的大洪爐中，任何人都當有百鍊鋼的意志。短暫的別離，實在算不了什麼。何況離家一段時期，你會更珍惜在家的日子，古人有詩云：「小別不改容，遠別淚沾胸，人生無離別，豈知恩義重。」你是個非常重情誼的人，念小學時，一位老師的離去，你在日記上都寫了又寫，你渾厚多感的性情，於此可見。

　　你又說，在紐約接到媽媽的信，卻沒有爸爸的，有點失望。你爸爸笑說：「還不是那幾句話，母親寫就夠了嘛。」你總知道，天下的爸爸都是筆頭最懶的，天下的媽媽是專為兒女寫信的。你在家時，嫌爸爸一開口就像念訓詞，媽媽又嘮叨，一出門，你倒又想聽訓詞和嘮叨了。

　　在你離家這段期間，有兩件事是特別值得告訴你的。其一是我參觀了一次中壢第一士官學校，第二是爸爸和我去了一趟香港，參加國民外交協會亞洲區第一次會議。這兩種完全不同性質的活動，都引起我十二分深刻的感想。

　　與士校同學們接觸交談，由他們強健的體魄，快樂的神情，活潑幽默的談話中，使我對學校教學的方針與方式，倍增信心。有一位同學說：「當父母親剛剛送我來時，怕我不習慣軍校生活，甚至想帶我回去，現在他們還要把弟弟也送來了。而我自己呢，週末回家時，已不習慣於家中比較散漫無秩序的生活，寧可快快回到學校。」他的話使我想起你在家時的那分懶散，晚睡晚起，因而也希望你及早去接受軍事訓練，那不僅是鍛鍊體魄，更是鍛鍊意志。你平時有點依賴性、怕難、偷懶，這只怪我們一直把你當小孩，照顧太多。所以你曾說：「現在多疼我點沒關係，等我當了兵自然就好了。」你也一直把對自己的改變寄望能當上兵，可見你並不是真正的怕難和偷懶。

　　使我深深感動的是他們儀隊的操槍和鼓號樂隊的精彩表演。這不是像看舞臺上的技藝演出，僅讓你賞心悅目。而是他們小小年紀，每一個步伐，每個舉止，於整齊劃一之中所

透出的那分堅定力量。最難得的是鼓號樂隊的小兄弟們，才訓練兩週就有如此成績。我仔細想想，他們為什麼會有如此整齊劃一的動作，如此堅定的力的表現，乃是因為他們全體有一個共同的信心——天下沒有學習不會的事。一個共同的目標——培養健全的人格，做一個光榮的國民。這個信心和目標，使他們師生之間，同學之間，如此的融融洩洩，歡欣無比。

　　歸途中，我又回想起有一年參觀陸軍神龍小組的降落傘表演，他們在高空的強風和空氣浮力中，仍能控制自如地降落在預定的地點，穩穩地站在地面，神色悠閒。這種定點降落，在我們看來如凌虛御風，在他們接受訓練中得面臨多少艱難的考驗。我也想起一次參觀海軍軍艦，當艦長全身披架站在船頭，指揮兵艦進港時那副凝重而鎮定的神情，靠岸時一絲一毫都無差錯的準確性，這一分支配全體人員的潛力，豈屬等閒。記不記得你爸爸曾對你說有一位商船船長，當船進港時，他站在船頭兩腳發軟，嘴唇顫抖，因此只得退下來坐辦公室。可見有滿腹專門學識還不夠，必得有膽量，有氣魄。你現在船上學習，只是名小小的實習生，從基層工作學起，對於機艙中種種，你得一樣樣仔細觀察、學習。那怕是一枚小小螺絲釘怎麼上下，你都得學。因為任是多少噸位的船，能乘風破萬里浪，一枚小小螺絲釘也發揮了它的功能。你莫看船長威風八面，沒有全體工作人員的配合，又何能完成使命。那一位船長，不是一步步奮鬥出來的？我很高興你說已習慣水上生活，也愈感到各種知識技能的重要性，等你

滿二十歲服兵役時，兩種經驗互相配合，得益將更多。你爺爺與外公都是軍人，你是道道地地的「將門之後」，希望你以此為榮。

現在再告訴你去香港出席國民外交協會的簡單經過，也讓你知道，做為一個國民，離開國土，遠處異地，遇到特殊狀況時所應把握的立場，以及對我們國家，在今日艱苦處境中的深沉感觸。

當我們由團長帶領報到，進入會場時，一眼望見會堂正中一字兒排著會旗和與會國國旗，其中竟沒有中華民國的國旗。我們全體團員就感到非常不公平，正副團長即刻向地主國會長交涉，在沒有合理解決以前，會議不得開始。商議的結果是所有與會國國旗全部撤去，只插協會會旗，表示純粹的民間外交，不帶絲毫政治意味。我們為了顧到地主國香港協會會長的處境，就同意了這個方式。繼爾我們又發現節目單上印的是臺灣而不是中華民國，副會長再提抗議，堅持節目主持人於報告時必須一律稱中華民國。司儀是一位韓國教授，他都一一照改了。這兩件交涉總算勝利了。可是當時韓國團長面露不愉之色，認為不能因為我們而撤去他們的國旗。其實中韓邦交深厚，我們所受赤禍的危害、痛苦是相同的，而在面對顧忌至多的香港政府時，仍不能表現和衷共濟的精神。由此可見爭取國際友誼之難，更體會到一個國家任何性質的外交，都當以實力為後盾。這次韓國全體團員的表現，就充分看出他們政府對於民間外交之重視。他們來了三十五人，是我們的三倍，經費由政府及工商界資助民間出面，他

們精印了各種手冊分贈中日會員。會議期中發言踴躍，準備充分，禮物豐富，連餘興節目都經過精心安排，演出民謠歌舞、插花等節目，令人目不暇接。可是反顧我們自己，因為沒有經費，更無工商界的支持，處處顯得捉襟見肘的寒傖相。在會務進展的報告方面，因歷年來巧婦難為無米之炊，也就顯得空疏無實際內容。幸得正副團長的機智與豐富的經驗，在學生分擔與家庭接待等專案討論時，也都指示我們團員，不亢不卑地各人說出一套過去的成績與今後的方針來。可是我在發言以後，卻深深感到，今後我國不參加則已，如繼續參加的話，應當如何籌募經費，如何吸收高水準的知識分子，如何展開會務，才使出席會議時，能真正言之有物，不辱使命呢？國民外交，實為外交政策重要之一環，政府除了精神支持，是否能予以實力的援助呢？

　關於這些感想，我現在與你說似嫌太早，但你已將是個二十歲獨立的國民，你現在又在船上工作，小小年紀已經「足跡遍天下」，你一定會深深感受到，在異國人心目中，國家地位之重要。我們對國家的榮辱之關懷，遠勝於個人的。所以我特地不厭其詳地告訴你這些情形。

　使人憤慨的是第二天所發生的事。因香港三家電視臺都報導協會開會的消息，尤其是一家反共報紙以顯著地刊出中華民國代表團來港參加會議的消息，而且議程中有一項是討論「亞洲政策」，乃引起香港總督的敏感，他派了兩個高級官員在會場外旁聽，將會員們的發言都錄了音。並照會香港民間外交協會會長，中華民國會員名牌上的 ROC 三字母必須

取消，當時我們氣憤填膺，全體堅持絕不退讓，除非總會會長想出更妥善辦法，向香港政府取得協調。後來總算由協會總會會長美國的杜德先生與港督說明協會的性質純屬民間交誼，絕無政治作用，如要中華民國取消國家標誌絕不可能接受。最後決定韓日中全部會員都取下名牌，表示兄弟之邦，不分國界，一場風波才算平息。可是我們經此干擾，心情殊為沉重。後據香港協會會長告知，港督所派兩個在外旁聽的官員，自己也是有苦難言。他們受了大陸共匪的控制，事事仰人鼻息，他們已不允許再有是非感、正義感了。

回想八年抗戰勝利後，香港這個租借地原應由我們政府收回，可是因為匪亂，大陸山河變色，香港反成了共匪向外統戰與吸收外匯的據點，思之令人疾首痛心。你爸爸和我是第一次去香港，卻負荷如此沉重的心情歸來。可是正因如此，我們光復國土的意志也更加強了。

當我們遊覽九龍時，導遊告訴我們，在新界邊界上守衛的本來是中國人，但因大陸同胞成群衝過界線時，中國衛兵都放他們過境，因而港督特地化高價錢僱用巴基斯坦人，可以冷酷地把中國難民推回大陸去，這短短的報導，包含了多少人間慘劇。香港協會會長告訴我們，他們夫婦的工作就是收容自大陸逃出的同胞，俟機由救總接運來臺或留港居住，給他們訓練工作技能及安排適當工作。這一對夫婦在艱難辛苦中發揮了最高的同胞愛。在這項會議籌備中，他一心嚮往祖國，但為了救濟難民的工作處境，又不得不與港督周旋，其處境的為難可想而知。但由此一點，也可以看到，在正義

與仁愛的原則之下，所發揮的力量是莫之能禦的。中華民族之所以能兀立不懼地堅決奮鬥，而且終必獲勝的原因也在此。

有兩個晚上，主人都招待我們觀賞夜總會節目，在觥籌交錯，酒綠燈紅之中，我們格外想到一線之隔的大陸同胞，如何在苦難中掙扎，而這邊卻是歌舞昇平，這個世界是這般的畸型不合理。究竟何年何月，才能殲滅製造這種畸型的罪魁禍首呢？

你出生長大於自由地區的臺灣，不知貧窮饑餓為何物，更沒有嚐過被剝奪自由的痛苦。但我特別要提醒你，正因為生活在幸福中，你格外應當顧念到不幸的人，你要有解衣推食的慷慨同情之心，更要想到失去自由的同胞所受的痛苦，所謂報國愛國不是口號，但實行起來也並不太難。只要你時時存一分關懷之心就好。我現在提供你一個簡單的方法。當你領到一分薪水時，馬上抽出十分之一，單獨存起來，當你為自己花一筆錢像買東西或看電影時，也另外提出十分之一的錢來。兩種放在一起，一個月、一年，就有可觀的一筆數目，我稱前者為所得稅，後者為消費稅。這筆錢，專留作助人之用。在你個人經費上毫不受影響，而對需要的人，不無稍補。這是當年老師告訴我日行一善的方法之一。老師說「但覺此心春長滿，須知世上苦人多」。孩子，你本來就有一顆善良的心，希望你能夠多加培養，發揮更廣大的愛。一個人能多想到別人的困難時，自己的困難就會減輕，我常常以此自勉，現在也以此勉勵你。

夜已深，我實在應當擱筆了。我在寫此長函時，你爸爸

幾次問：「還沒寫完呀？長話短說吧，太晚了。」過了一下，他卻又說：「替我告訴他，下回來信寫長一點，不要這樣打電報似的，一路上總當有點感想可寫嘛。」你看他儘管自己懶動筆，照樣盼望看你的長信。就此點可知道爸爸更想你。一位名散文家的文章中說：「兒子到了二十歲，真不像兒子，卻像個朋友。過了四十歲的男子，就有一分蕭瑟之感，有時喜歡和大一些的兒子談談心。」這話細細體味起來，有點淒愴。我們都早已年逾半百，又只你一個兒子，你也正滿二十歲，應當可做我們的朋友了。我永遠記得你小學時日記上寫的「我和爸爸手牽手，腳並腳散步，父子二人手足情深」。兒子長大以後，父子之情可不就如同手足嗎？這種心境，你慢慢就體會到了。

　　現在真的要暫時停筆了。祝福你旅途愉快！

母親的信

楠兒：

　　你第一次回航上岸時，看到你體魄強壯，心神愉快的樣子，知道你能適應海上生活，學習興趣至高，我總算放心不少。你趕回高雄上船時，告訴我大約兒童節左右可以回來。可是我一直盼到過了兒童節，四月五日的夜晚九時，你從高雄來長途電話，說因六日一早就要啟航，不及回家看我們了。在電話中，你連聲地喊著「媽、媽」，好像你就在我身邊，好像你還是個唸幼稚園的孩子。那時，我真恨不得一腳跨到高雄，也恨不得你一下飛回家中。我還來不及說什麼，你爸爸馬上搶去話筒，免不了又是一番訓誡，百般囑咐。因為時間有限，掛上話筒以後，我和你爸彼此相望，都若有所失。我埋怨他不該那樣快把話筒掛上，他說：「夠了夠了，說來說去，還不是那幾句。」可是停了一晌，他又說：「你如還有什麼話想說，你就再撥過去吧。」於是我再撥到你的旅館裡，

你好像很意外，又是連聲地喊著媽、媽。我只是「語無倫次」地反覆叮嚀，你一定有點煩了，你說：「知道了」——就是在家時那種聲調。你爸爸忍不住又把話筒搶過去，他說話總是那麼慢條斯理的，那怕是同樣的幾句話，都說得比我生動，你一定聽進去了，回答得一定很有禮貌，因為我從他的神色，由嚴肅轉為滿臉笑容看得出來。第二次掛上電話以後，我們再彼此相望，才感到躊躇滿志。他一絲安慰的笑容，久久留在嘴角。「從聲音聽起來，這孩子好像真的長大了。」他像在自言自語。「我聽起來還是跟從前一樣，傻裡傻氣的。」我不同意你爸的感覺。他卻責怪起我來了：「你總是這樣婆婆媽媽的，在電話裡應當簡單扼要一點嘛。」我一時啞口無言，只覺得即使嚕哩嚕囌了那麼一大堆，還是沒有把最最要緊的一句說出來，那是一句什麼話，連我自己也不知道。心裡又不由得空空洞洞起來。正在此時，電話鈴又響了，我想難道你又打過來了，拿起話筒，你爸爸卻一把搶過去，「我來接。」他說。電話不是你的，卻是你的一個最最莫逆的朋友打來的。他告訴我們，他已受訓完畢，即將奉調到某地，問你何時回航，真想見你一面。因為此刻不知何時能再相見，你爸爸立刻把你高雄旅館名字告訴他。並慰勉了他一番，掛上電話以後，你爸爸臉色凝重，半晌都不說一句話，我問他究竟是怎麼回事，他低沉地說：「這孩子最後那句話說得叫人心裡好難過。」我問他究竟要調到那裡呢？他搖搖頭。幽幽地說：「孩子們都長大了，他們都懂得珍惜友情，都感到分離的黯然。」由他這句話，使我想起你第一次遠行前，連我特地為你做的

一頓豐盛晚餐都不願在家吃,寧願與朋友聚談到深夜才回家。你說:「朋友可能霎時間各奔東西,以後見面不易,與父母相依是永久的。」我現在只好接受你這句話。孩子,我真但願我們的相依是永久的。

那一夜夜深,忽然雷雨如排山倒海而來,一聲巨響,真如天崩地裂。你爸爸說那是春雷,把大地的一切從沉睡中驚醒,我卻感到悽悽愴愴的,也不知在擔憂什麼,只是央求你爸爸,次晨的南部之行取消好不好。他說對朋友不能失約,所以天一亮他就走了。七點鐘我扭開收音機,太突然的竟聽到總統蔣公心臟病突發,不治逝世的惡耗。我一躍而起,真不願相信自己的耳朵,馬上又打開華視新聞,不幸的消息竟是千真萬確。我滿屋裡團團轉,就像天塌下來似的但覺四肢軟弱,撐也撐不住,真盼望能有個人共同分擔一下,可是你爸爸已經出門,你又遠在高雄。孩子,我那種悲愴、無依、無助的感覺,就和三十多年前,你外祖父去世時一模一樣。一個大家族裡,一位一直在庇護著我們,指引著我們的慈愛家長,突然丟下我們走了。一下子,我們感到自己平日受恩有多麼多麼的深重,而我們卻未能仰體慈心,努力以赴老人的期望,如今卻是千呼萬喚也留不住了。我一個人坐在屋裡,一任淚水滂沱地滾落,心情太沉痛,太複雜。我哭總統蔣公他老人家一生為國為民所經歷的苦難。哭我們的國家在如此驚濤駭浪中失去了把舵的巨臂。哭自身在八年抗戰與匪亂中所受的苦難。哭你們年輕的一代,竟不能由他老人家親自帶領著回大陸瞻仰錦繡河山。孩子,如果那時你在身邊的話,

也許會更放聲號啕。因為你的單純、善良，和對人世了解之淺，將引起我更多的感傷，也會使我感到做長輩的職責之沉重。

電視與廣播每天的報導，使人心酸淚落。愈是默念著他老人家遺囑中的「絕不可因余之不起，懷憂喪志」。愈是泣不可抑。自從移靈國父紀念館以後，數百萬同胞，通宵達旦排隊瞻仰遺容。無論青年人，無論白髮蒼顏，跪拜哭泣之哀，真是動天地、泣鬼神。每個人哭出了對領袖的痛悼，哭出了對國家民族的愛，哭出了對國難家愁的沉痛。我們這多難的國家，於哀哀哭泣聲中，才真正深深領會到全民一心的堅強定力。

你來信說，船上設了靈堂，每天全船員工在靈前鞠躬默念致哀，停止一切娛樂活動。你也感染了哀傷的氣氛。孩子，你是在安定中出生長大的，說實在的，你還體會不到我們上一代的深沉哀痛。但我只要你記住一句話，你必須要感恩報德，因為你自從出生以來，所有的幸福都是蔣總統老人家所賜。正如一位年輕作家所寫的，「我們是你老人家接生的」。孩子，真的，你們都是蔣總統一雙慈愛的手接生的。我們中國人有句俗話：「人在福中不知福。」莫說你們，就連我們中年以上的，在長久的安定繁榮之中，也不免會有懈怠之時呢。打個比喻，如果你白髮皤然的老爺爺，帶著你涉水登山，卻由他挑擔子，擔子裡有糧食有衣服，你餓了有得吃，冷了有得穿，輕鬆地在後面跟著。忽然爺爺倒地不起，試問你此時是怎樣懺悔負疚的心情，而這副重擔你是不是要挑起來，是

不是要繼續望前走呢？現在我們全國上下，就是懷著從沉哀中覺醒的心情，奮發向前。孩子，你應當了解這分心情啊！

那天我在排隊瞻仰遺容的時候，真希望你也能一同排隊，你一定是萬分渴望能瞻仰他老人家最後的慈顏的。記得你小時候，遇有慶典，都是高舉國旗，高呼「中華民國萬歲，蔣總統萬歲」。可是這一次的排隊，不是慶典，而是最哀痛的國喪。那一片的白，你看了也會觸目傷心的。你是個富於感情的孩子，如果你進了國父紀念館，瞻仰到他老人家的遺容，上方就是他含笑的遺照，你能不哭嗎？因為蔣總統一直是健壯地活在你心中，活在你面前，如今忽然躺下去，目瞑不視，再也不說一句話了。那一天，我們隨著人潮徐徐走過靈堂，我一直鞠躬，一直合掌向他老人家拜，我要代你拜，也代你幾位不能來瞻仰遺容的好友拜。淚水模糊中，遠遠地我也看不清楚他老人家的慈顏。可是又何必看清楚呢？我只在心裡喊，「蔣總統啊，你為什麼不活一百歲、一千歲呢？」相信每個國民心中都會這樣想的。明知人生百年，不免一死。依常人來說，死與生一樣的自然、平淡，而對蔣總統來說，死與生卻一樣的偉大、悲壯。四月十六日奉厝慈湖。我們在總統府前設奠迎靈。我擠在人叢中，抬眼望處處飄蕩的白旌，怎忍得住不悲從中來。記得我第一次在此地排隊是二十多年前的國慶日，看蔣總統出現在司令臺上接受萬民歡呼，以及他筆挺地站在吉普車上閱兵，舉手向三軍答禮。孩子，那時你還沒有出生呢。卅九年蔣總統復職以後，即刻扭轉乾坤，二十多年來，每一年的十月慶典，舉國都歡騰鼓舞。充分象徵

著我們的國運昌隆。如今他老人家去了，我們的悲悼是永久
的，而他留予我們的典範，賜予我們的信心、力量也是永久
的。但看一路上野祭巷哭之哀，使來致弔的國際人士，由驚
訝而感動萬分，因而認清了我中華民族是怎樣一個忠孝節義
的民族。正當舉世滔滔，中南半島風雨飄搖的今日，中華民
國哀民、哀兵的團結一心，堅強兀立，是足以警醒短視與現
實主義政客的良知的。

　　報紙上許許多多照片，我都一一剪下，這是最感人的歷
史鏡頭，我把它貼在你的大型紀念冊上，等你回來慢慢觀看。
更有許許多多恭述蔣公生平的文章，你一定要細細閱讀。尤
其是那篇〈一個平凡的偉人〉，你讀後就知道一代偉人，一生
為國家民族所承擔的災難與痛苦，是何等的沉重。他真有如
耶穌基督背負人間一切罪惡的偉大決心。他是位虔誠的基督
徒，像他這樣的信徒才不愧為上帝的子民，想想他一生在身
心上所受的折磨，我們平時的享樂簡直是罪過。他在日記中
曾寫：「耶穌被審判的時候，他是冤枉的，但是他一句話也不
說。」他寫這話時，內心有多沉痛，誠如周聯華牧師在證道
詞中所說的：從事聖戰的人，要耐得起孤單寂寞。孩子，也
許你還太年輕，對宗教信仰還沒有經驗，但我只問你，你在
遇到危難時，心中第一個想到的不是父母親嗎？因為你信賴
雙親，雙親在你任何困難中都願代你分擔，這就是信心；有
了信心，自然產生力量、智慧，也就能自我克服一切了。你
畢竟已經漸漸長大，你必須要鍛鍊鋼鐵般的意志，培養勇氣，
充實學識，開創自己的道路，以圖報效國家。千萬不可貪圖

逸樂，要知道，處今之世，個人的幸福，繫於國家的命脈。你看高棉、越南的悲慘淪亡，千千萬萬的難民，國破家亡之痛，豈是空喊「人道援助」的「高尚人士」所能解救的。看看他們的慘痛遭遇，再想想我們二三十年來的安定、強大又是由何來的呢？孩子，由於這一點，你應當越發加強信心。自愛自重，發揮青年人的潛力。切勿視一切的順利與幸運為當然，而忘了做一個國民的職責。

　　你來信曾說可能母親節會回來，母親節應當是做母親的節日，但我相信所有的母親，都是把屬於自己的節日給了孩子，萬事都想到孩子。所以母親節也成了孩子的節日了。你如能在那天回來該多好。我又得告訴你，蔣總統是位孝子，他在六十歲誕辰那天，寫下了如下的話：「虛度六十，馬齒徒長，對母親未報作育之恩，對國家未盡忠孝之職，民眾痛苦，遺族罔恤，捫心自問，清夜長思，愧惶無地。」我重讀此段，又不禁淚水盈眶。他的偉大人格，感人太深。希望你回來後將《風雨中的寧靜》一書細讀，當對你一生受益不淺。我並不盼你對我作什麼報答，我們只期望你做個盡職的公民，我們也將對得起生我們的父母了。父母之恩，昊天罔極，你爸爸和我都未能對父母盡到一點孝思，中夜自思，真不知涕淚何從，所以每到母親節，我心中也格外感傷。

　　夜已深，我嘮嘮叨叨寫了這麼多，卻寫不出內心的激動與對你的掛念，希望你這次回來能有較長時間停留。你爸爸正不知有多少話要囑咐你呢！

奇蹟、信心、力量

　　我喜歡旅行，旅行加上參觀國家重要建設尤令人心神振奮無比。

　　我們的第一站是中國造船公司。當車子駛近工廠時，抬頭望紅色的大「牌樓」上「中國造船」四個大字。陪同參觀的工程師要我們估計那字有多高。我用手中的原子筆描了一下說：「大概有一丈左右吧。」他笑笑說：「一個字的高度等於一幢三層樓房。不信且看大柱邊上的昇降機操作室，人可以站著進出。一比就知道了。」可是我看那小房子，就像火柴匣子，不由得笑自己的「迷你腦筋」，一向只注意小玩意，現在得把幅度放得好大好大，以便接受各種龐大的觀念。

　　廠地面積九十餘公頃。工廠之多，不勝枚舉。全部共佔地二十二萬平方公尺。僅僅船體工廠，就有七百五十公尺長，二百十公尺寬，是當今世界最大船體工廠之一。剛一草創，便可傲視世界。令人難以置信的是此地原是養魚的海水魚塭。

六十三年元月七日打下第一個樁子，短短一年半中就完成第一階段建廠工程。馬上開始接受訂單，建造第一艘四十四萬五千噸的超級油輪。繼續還要造多目標的運輸輪、專用輪、貨櫃輪。更要建造十五萬噸級的修船塢。建廠、造船、修船，各種工程齊頭並進，其進度似有神助，真是一項奇蹟。

因為造船工業是國防與經濟重要之一環，所以必須迎頭趕上。任重道遠的工程人員發揮了集體的智慧與力量，不但要維持現有的技術水準，還要進軍世界，使它成為世界第一流造船廠。這不是紙上談兵，而是踏踏實實、艱辛地在一步步向前邁進，日新又新，不負政府所託的重任。

我眼看一架架巨無霸似的機器，在工廠中前後左右的移動，蜘蛛網似的鋼架，到處密布，而工作人員，於其中往來操作，意定神閒。每一架機件的推動，都表現一股力量，使你震撼。最有趣的是製造船身的鋼板，都由電子投影落樣，科學儀器，毫釐不差，也有賴於彼此工作上的配合。於此際，我體會到團結、合作、互信的力量和效能。船體的組合，就像搭七巧板似的，一方方、一塊塊的鋼匣子，拼合在一起，竟拼合出那麼巨大的油輪來，真叫人難以想像。我覺得一座工廠的完成，一艘巨輪的產生，在他們正有如藝術家塑造一座雕像，或母親孕育一個嬰兒。心中感到的只有安慰，沒有辛勞，只有進展，沒有遲疑。因為人人有著共同的決心與信心，向共同的理想與目標邁進。我望著長共九百五十公尺的造船塢，想像第一艘油輪的下水典禮，將是怎樣令人興奮的盛況。建廠與造船的如期完成，就是邁向燦爛前程的第一步。

　　中國鋼鐵公司，正是在中國造船公司的近鄰。廠址佔地四百八十公頃。因廠地太大，時間有限，只能坐在車上走馬觀花。趙總經理親自帶領我們參觀。他六十開外，態度悠閒，談吐幽默，穿著藍灰色工作服，戴著鋼盔，渾身散發出老當益壯的穩定力量。他指著隔壁遠遠的造船公司說：「看看這座廠場，再看看那邊的廠房，是不是像小玩具？」可見天地間大小之對比，就是這般有趣，更用不著登泰山而小天下了。

　　因為現在還是建廠初期，地面上工程只見各處鋼架林立，以及各種龐大的鍊鋼機件等等。而地底下一萬多尺的填基工作，投下去的億萬資金，正和造船公司的基地一樣，是我們眼睛所看不到的。我們的雙腳踩在地面上，每一寸、每一尺，都是全體工作人員的血汗凝成，如此的紮實，如此的鞏固。而一根根矗立的擎天鋼柱，正象徵我中華民族堅韌不拔的意志。預計初期建廠工程完成後，年產鋼為一百五十萬公噸，而以達到六百萬公噸為目標。建廠的資金將近新臺幣四百億。自民國六十二年十月開工，預計於明年十一月全部完成生產設備工作。如此偉大的工程計畫，由於政府的決心和信心，必能如期完成。眼看這塊反攻復國的基地之日益壯大，內心的感奮是無可言喻的。

　　趙總經理說，鍊鋼廠的建立，並不只以建築材料的供應為目的。如僅僅如此的話，投下這樣龐大的資金是不合算的。建廠的目的，是為配合國策，以機械加工為主，奠定國家重工業的基礎。嚴格地說，鋼鐵工業本身不僅是重工業，更是由開發中國家邁向已開發國家的橋樑。其目的在維持經濟的

發展。因為，沒有經濟，就沒有國防。

當他在講解填基工程，和鍊鋼工程的過程時，我們外行人聽來雖一知半解，而全體工程人員、工作人員的毅力和智慧，卻好像凝聚於他一身，從他堅定的語氣，和灼灼有神的眼光中透露出來。他兩鬢已花白，而精神抖擻，他說再幾年便將退休了。我們說：「創業艱難，您的領導與策劃，花的心血太多了。」他謙沖地說：「一件工程的完成，每一位員工都投下了全部心力，但沒有一個人可以居功。而建廠工程的完成，正是創業的開始。古人說創業維艱，守成不易，但鋼鐵公司不是守成，而是要發展，所以後繼者的責任將更為重大。」他的話可謂語重心長。

臺中港這個完完全全由人工開鑿而成的港，又是一項無中生有的奇蹟。當你走在東西向最寬闊的十線施工道上，迎著強烈的陽光，向港口遠遠望去，感到工程師們「人與天鬥」的意志，真有如長虹貫日。為了感念蔣公英靈的號召，今年十月卅一日，七個碼頭將同時開放啟用。現在北防波堤的四十二個沉箱已全部下水。工程師說，為了趕工，他們採用跳島式的安放沉箱，由一個工作面增加為三個工作面。其他如初步的海底挖泥工作，填基工作，製造沉箱工作，真個是施出移山倒海的本領。因為填基的大圓卵石是從大甲溪運來，用以鞏固沉箱的大岩石是從谷關運來的。谷關的一座山已經被開平了。從海底挖起來的泥土，又變成了海埔新生地，以供工業發展之用。在施工中，同時得與怒吼的海潮巨浪搏鬥，和風沙搏鬥。於是乃有由菱形塊所建築的碎波堤，以減少巨

浪的威力，保護由沉箱所建築的防波堤。為了阻擋泥沙淤塞
港口，乃以菅草和木麻黃，層層種植為防沙堤，再加上防沙
網。如此左一道、右一道的艱巨工作，如沒有超人的智慧和
毅力是無法完成的。且看有一段殘堤，懶洋洋無精打采地躺
在海水中，那就是日據時代，日本人努力了七年而鬥不過大
風大浪，不得不放棄的未竟工程；與我們即將完成的南北防
波堤的雄偉姿勢作一對比，中華民族的潛力智慧與日本人相
較又是如何不同。

工程師講解清晰，言語風趣，他說：「每一座沉箱於完工
後價值一千萬。人們都說百萬富翁便足自豪。如擁有一座沉
箱，就是千萬富豪了。」我想：如果千萬富豪是個守財奴的
話，比起櫛風沐雨、貢獻全部心力為國家製造沉箱的工程人
員來，在人們心目中，其地位豈可同日而語呢？

參觀歸來以後，此心更有所領悟。面對明山秀水，有如
聽一位淵博俊逸之士，侃侃而談。心靈的感受是一絲「靜」，
和「定」。而觀摩重要的工業建設，那一派「頂天立地」的雄
偉之氣，向你迎面撲來，就有如仰觀黃河之水，自天際奔騰
而至。給予你的是一份動的力量——可以牢牢抓得住的力量。
再打個譬喻，攀登一座高插雲霄的山峰，或站在一棵數千年
神木之旁，會覺得自己的渺小，或生命的短暫，而興起「前
不見古人，後不見來者」的天地悠悠之感。但當巡禮廣大無
垠的工業建設時，內心的感受是興奮的，也是踏踏實實的。
因為你是投身於一個由人類智慧、毅力、信心，所開闢出來
的科學世界中。而且工程的策劃人，領導人，以及許多位工

程師，就在你身邊，為你詳細講解。使你相信，移山填海，無中生有，人定勝天，是絕對可能的事實。而一切的奇蹟，就是由於全體工程人員，秉承政府的旨意，日以繼夜，不眠不休，冒險犯難所創造出來的。他們都是人而不是神。他們面帶笑容，以悠閒而堅定的神情，將一分對工作的欣慰與信心，轉遞給參觀的人們。使我們也感受到同樣的欣慰，更加強對反攻復國的信念。尤其是正當總統蔣公的冥誕前夕，緬懷他老人家偉大人格對全民的感召，五十年來對國家民族的領導。欽敬繼續肩負重任者的高瞻遠矚，艱苦奮鬥，乃能於短短期間，有此輝煌的建設成果，使國家前途，由崎嶇邁向康莊。我們深深感悟到，「處變不驚」、「多難興邦」，維我中華民族，能切切實實地以具體的事實，向世界證明了。

天堂在心中

　　最近去一間小藥房買藥，老板是一位和藹的老先生，他以不純熟的國語問我多大年紀了，為什麼要服鎮靜神經，和緩心跳的藥。我告以實際年齡及偶然發生的病狀。他微笑地說：「看你的神情，還不像是需要服這種藥的樣子，還是注意平時保健，少吃藥吧。我雖開藥房，但不贊成人們多吃藥，我自己就是連補藥都不吃的。」聽了他的話，不由得對他肅然起敬。第一，難得的是他有這樣高的職業道德，賣藥而勸人少吃藥。第二，他雖兩鬢蒼白，而精神煥發，一定是位養生有道的人。

　　他又繼續對我說：「心跳失眠，情緒緊張，都是由於把世間事看得太認真，或是要想獲取一樣什麼的心太切，因而老放不開。我想你可能也是這個緣故吧。」我不好意思地點點頭說：「也許是吧，但我自己並不知道整日忙忙碌碌是否在追求什麼？我只是覺得雙肩責任好重，該做的事好多而永遠做

不完。」他說：「永遠做不完的，你可以落得放寬心，為自己找點樂子，想想那些比你不如的人，那麼天堂就在你心中了。」他以慈祥的眼神望著我，我忽然感到好慚愧。自問平時還在教書，也在拿著筆塗塗抹抹一篇篇人生的大道理來對青年人談，自己卻不時犯情緒緊張，失眠心跳之病，豈不是自欺欺人，言行不能一致嗎？面對這位豁達的老人，我似乎真個望見他心中的天堂。我聽他的話，不要再買鎮靜劑，只買了一瓶表飛鳴和一瓶多種維他命就回來了，這兩種藥，究竟沒有鎮靜劑那麼霸道，只希望有一天，心中的天堂能長出一顆多種維他命樹來。

　　事實上，自從聽了那位老人家話後，心情確實有點轉變，心情一轉變，接觸外界事物的反應也就不同了。比如有一次，我向門口西瓜小販買了半個西瓜。把一百元付給他尚未找錢時，他又忙著招呼旁的生意了。最後他又回頭向我要錢，我再三說明已給了他錢而且在等他找錢，總無法使他相信，我立刻轉念一想，他並非故意，而且他如此辛苦地推著車沿街叫賣，一百元對他來說實在是一筆不小的數字，我不能讓他心裡一直感到蒙受損失，所以立刻又給了一百元請他找。回屋以後，我並未感到多付了一筆冤枉錢，而是感到心裡很舒坦。幾十分鐘後，那個小販忽然來按鈴說：他發現了那原始的一百元塞在另一口袋裡，趕緊拿來還我，並再三向我道歉。這一下，我心中的喜悅並不是因為收回那一百元，而是他誠實的行為，實在令人感動。當時我如固執不再付他一百元，彼此心中都會有失落之感，如今卻使我發現一顆如此純樸善

良的心，同時想到，道德與學識不一定成正比。他是個小人物，他的一芥不取卻使身居要職而貪墨枉法者愧煞。我頓然發現他的心中也有天堂。天堂中的花朵，映得我也春光滿室。

　　心中有天堂，天堂確實在每個人心中。宋儒陸象山說：「滿街都是聖人。」就是對人生非常樂觀的看法。孟子主性善，說：「人皆可以為堯舜。」荀子雖主性惡，也說：「人皆有可以為聖人之質。」孟荀對人性的主張不同，而殊途同歸，古聖先賢的苦口婆心，還不是為了勸世人恢復良知，「明」善心，「見」真性情嗎？

女性與司法

　　我不是學法律的，只由於偶然的機緣，進了司法界，一晃就是廿餘年，直到五十八年服務年資屆滿，才申請志願退休，回到教書的崗位。可是二十多年來的耳濡目染，對於各項法令的立法基本精神，頗感濃厚興趣，且以工作關係，曾經司法人員調訓結業，對於法律也具備一點粗淺的常識，每有疑難，時常向我所欽佩的法官請教，尤其是女性法官。因為我覺得她們處理案件的忠勤、細密、正確、果斷，在在不讓鬚眉。女性法官在司法界所發放的光輝，使我這個小兵也感到與有榮焉。

　　屈指算算，我退休已忽忽六年了。教書和寫作，表面上似乎和司法毫無關連。可是生活在現代，可以說無時無刻不與法律發生關係。尤其是遇到「公說公有理，婆說婆有理」的糾紛時，就會使我想起有一位女法官告誡我的話：「遇事要以冷靜公平的頭腦判別是非曲直，更要以寬厚仁慈的心去設

想當事人的處境。」這是一個法官應有的辦案態度，也可作為我們立身行事的原則。法律不外人情，而人情不可違背法律，這是民主政體的基本精神。女性天賦溫柔敦厚，加上精細耐心，故女法官尤能體驗人情，觀察事態。有幾位女法官的學養風範，實令人欽佩不置。她們的言行舉止，無形中對於我都有很多的啟迪。

最近不幸以肺癌逝世的大法官張金蘭女士，她是位享譽國際的女法官。可是平時待人接物，平易近人，態度謙沖和藹，辦起案來，卻是執法如山，毫釐不苟。她曾經告訴我說，有人認為，女性比較適宜辦民事，也有人認為沒有辦過民事的，只能算半個法官，她都不以為然。她就一直辦刑事，她高考及格即任陝西西京軍法處主任，在任內以威武不屈的精神，處決了一個割耳案的兇犯，開釋了好幾個無辜的百姓，使刁蠻的民風為之一振。來臺後任臺南高分院庭長時，轟動社會的朱振雲自殺案就是她辦的，她不受輿論的影響，社會心理因素的干擾，對該案作了最公平的判決。調任最高法院推事後，判處了張昌年分屍案的兇犯汪震等以死刑。這是那時最高法院在臺灣第一個判死刑的案件。最高法院的推事都是年高德劭，體天地好生之德，故儘量不判死刑，可是張推事卻認為惡性重大，犯罪手段殘酷者非處以極刑不可。可見得她的果斷。她使死者自認罪有應得，臨刑時毫無怨言，真可說做到歐陽修所說的「求其生而不可得，則死者與我皆無憾也」的地步。有人曾勸她筆底超生，可以修行積德，她斬釘截鐵地說：「我們只能在私人的日常生活上修行，卻不可以

公務來為自己積德。」沒有過人的智慧與氣魄，何能有此胸襟。誰能說女性柔弱，不宜辦刑事案件呢？她於逝世前的病中曾答覆訪問她的人說：「我一向堅信兩性平等，職業不分男女。」又說：「我立志學習男性的長處，克服女性的短處。」我卻認為她不但克服了女性的短處，更發揮出女性的長處，她於前年象牙海岸召開的國際法學會議時，在一百二十個國家的法官、法學專家以及二千餘的律師中，當選了全世界第一位女性傑出法官。這一分為國爭光的殊榮，得來豈是偶然的。她不僅在事業上，為女性長留典範，就是在克服病痛方面，亦顯出她超人的毅力和自我克制精神。記得在報紙上讀到她公子追悼母親的文章，記述她雖自知沉疴不起，卻不願在兒女面前露出絲毫痛苦傷心的神色，病榻之間，依舊笑語琅琅。而且願意以自己的身體作研究病理上的貢獻，這一分偉大的胸懷修養，豈是常人所能及。張大法官已與世長辭，我相信司法界人士，無論男女，沒有一個不對她永懷敬仰之忱。我個人與張大法官沒有私交，但以服務司法界多年，又以身為女性，對於司法界如此一位傑出女法官之殞落，深感哀悼。幸得女法官人才輩出，就我當年所敬佩的幾位女法官來說，如今都是百尺竿頭，聲譽日隆，為女性爭取了不少光榮。

在辦民事案件方面，女性法官尤可以發揮她們的特長——愛心和耐心。孔子說：「聽訟，我猶人也，必也使毋訟乎。」使毋訟就是疏解訟源。是司法當局主要政策之一。所以法官在接辦一件案子時，都應儘量先調解和解。記得有一

位最高法院的女法官對我說：「工業社會的環境日益複雜，人
與人接觸愈頻繁，糾紛愈多。解決盤根錯節的癥結所在也愈
難。法官辦案實在是每天面臨考驗，考驗你的學識、經驗，
尤其是你的判斷力、忍耐力。判決一件案子，務求合法合情
合理。而最重要的，還是勸當事人和解，在言辭辯論以前，
總要心平氣和地曉諭當事人以法律關係，和雙方利害得失。
假如一件案子能夠和解成立，我的心情上就有『如釋重負』
的輕鬆之感，因為和解同時解決了民事與刑事上許多糾紛，
等於同時解決了幾件案子。」可見得和解是訴訟上最高的成
就和境界。別說民事，就是刑事上告訴乃論的罪，也可以勸
原告撤回告訴。張金蘭大法官在當刑庭推事時，就曾在一件
有四個告訴人的案子中，勸諭他們全部撤回了。但要知道在
這分成績的後面，曾費了女法官們多少苦口婆心呢？

　　女性法官辦案，除了付出最大的愛心和耐心以外，有的
更具精闢的法律見解，不能不令人佩服。我有一位高中同學，
現任最高法院推事，她有一次和我談起離婚案件時說：「一對
夫婦，如果感情已破裂到無可挽回的地步，但又不符民法一
○五二條離婚要件時，如沒有兒女牽累，則寧可勸諭一方接
受另一方的離婚請求。因一對怨偶勉強在一起，對社會家庭
無補，倒不如離開各自建立幸福家庭，反可防止不幸事件的
發生。」此所謂離之則雙美，合之則兩傷。這似乎違背了我
國勸合不勸散的舊傳統習慣。她這種富於革命性的見解與作
風，我倒是十分欽佩。

　　職業婦女，內外兼顧，仔肩實更重於男人，處理事情尤

當快速。我所認識的幾位女法官，似乎都是「急性子」，可是急性子並不是草率，乃是表示負責、公正。一位女法官就說過，爭取時間就是公平。尤其是第一審最當迅速，因為時間愈短，當事人不及偽造證據或串供。時間拖延太久，使人民對法律發生玩忽心理，影響司法威信。確實是有見地的話。希望所有法官審理案件，都能做到快速而正確，減少人民訟累。

司法工作是非常嚴肅的，可是女法官們並不會個個變成冷若冰霜，有的女法官，私生活充滿了情趣，據我的感覺，她們比男性法官更為愛好文學，她們的書櫥中，常常充滿了中外文學名著，案頭除了厚厚的卷宗以外，也堆著文藝書刊。與她們談起作家與作品來，居然如數家珍，她們說文學是滋潤心田的良藥：「枕邊一本文學名著，辦案心情永保輕鬆。」有一位女庭長這樣說。所以別看她們開庭時，穿上法衣，一臉的莊嚴，下了法庭，一樣的當母親，做妻子，一樣的縫衣服，做蛋糕。這就是女性，這就是「千手觀音」的女性。英國的柴契爾夫人當選保守黨黨魁之後，在廚房的水槽邊一面洗刷碟子，一面接受記者的訪問。我在想，有一天柴契爾夫人能獲致首相的職位而組閣的話，我們中華民國傑出的女法官為什麼不能受命為二審三審法院的首長呢？

我以一個學文學的人，在司法界服務達二十六年之久。即使一個人能活到一百歲的話，這一段司法生涯也佔去了我生命過程的四分之一強。更何況人生不滿百呢？可惜我既非學法律，二十餘年的歲月，自問雖尚不至尸位素餐，卻總覺

對司法界沒有直接貢獻。如今回顧起來，倒是覺得在過去的工作中，與同事的交往中，獲得不少為人處世，以及寫作上許多的啟迪。

身為女性，對於優秀的女性司法工作人員，特別引以為榮。現在再來談談女性書記官和監獄人員。她們有如醫院的助理醫師和護士，協助主治醫師照護病人（受刑人），其職責之繁重，並不亞於法官。可是社會上都重視法官，很少有人注意到書記官、管理員的，這似乎有點不公平。如果再忽略了女性司法工作人員，尤為不公平。所以我現在所報導的，仍舊屬於女性。女性無論從事那一項工作，責任都是雙重的：家和公務，必須兼顧。她們優異的功績，似乎比男性尤其值得表揚，這應該不是我的偏心吧！

現在先談女書記官：記錄書記官配置推事檢察官，是直接輔佐法官辦理案件的。她們必須熟諳法律常識、訴訟程序。其職責之重，事務之繁，以及對司法貢獻之多，尤其值得一提。

一位能力強，頭腦敏捷的書記官，就是法官的好幫手。從她們的經驗談中，可以了解一個記錄書記官，任勞任怨的一分甘苦。她們說當記錄書記官的樂處，就是可以從法官那兒獲得許多法律智識，在記錄的實務經驗中，熟悉了訴訟程序。一位有耐心、有素養的法官，對配置書記官的指導，使她們所獲的益處，幾不亞於大學法科的學生。但她們工作的辛苦，也真是一言難盡。

無論辦民事或刑事，職責都是一樣的重。開庭記錄時，

注意力必須完全集中。稍有疏漏，推事所問或當事所答，上下不相銜接，便影響案情，真相就不易明瞭。刑事案的記錄不厭其詳，愈詳愈好。法官同樣的問題，問幾次就得記幾次，因法官的重複訊問是有用意的，不得自作聰明予以省略。有時連當事人回答時的神情，都應加以描述，以供法官寫判決書的參考。因為刑事是採取自由心證主義的，當庭一切情況都是重要佐證。

更有一件事要注意的，就是人犯的服刑與羈押期間，絕對不能疏忽。比如一件案子已判決，在未移卷執行前，刑期已屆滿，必須先開釋票再送卷宗。否則即構成妨害自由罪，對方且可申請冤獄賠償，責任非輕。至於民事，開庭記錄著重綜合，記錄要點，似不及刑事案的緊張，但在庭下的整理手續，卻比刑事案繁瑣得多。例如卷宗的處理，證物的保管，答辯狀的呈閱與附卷等等。稍有遺漏，就影響到法官寫判決的根據。因為民事全憑證據，可由一造辯論終結。書狀就是最重要的文件。萬一有遺失，惟書記官是問。等到案子判決確定以後，尚須仔細檢查證物，一一通知當事人領回，逐次退回郵票等等。一件民事官司，在高院與最高法院間往復可達四五次之多，至確定時竟有拖到數年之久的，厚厚一疊卷宗，保管責任之重，手續之繁就可想而知了。

這樣繁重的職責，而以一位兼理家務的女性當之，卻能勝任愉快。各地方法院的推事每月收案訴字易字與非訟事件，不可勝計，每星期開庭兩天，全天要連開二十多庭，三天內要呈卷給推事，庭下整理工作的緊張可以想見。為了趕工作，

時常得自動無條件加班，女書記官誤了吃飯時間不說，孩子們等媽媽，媽媽記掛孩子的心情，就不是她那支醮飽了墨汁的筆，可以寫入筆錄「紀錄在卷」的了。

其次說到女管理員：監獄是刑的執行場所，也有如一所容納輕重病患者的大醫院。臺灣全省有臺北、嘉義、臺南三個女監，而以臺北女監規模最大，歷史最久，設備也最完全，此外還有臺北女看守所。光復初期，臺北女監與女看守所同設在監獄內，以圍牆與男監分界。女受刑人穿紅衣。女被告穿黑衣。四十七年女所成立，女被告才遷出女監。民國四十年以前，女監沒有主任，只有教誨科員二三位，負責管理教化之責，其中一位是女性。從光復初期到四十六年，女看守只四名，都是本省籍。以後逐年增加。據我所知，其中有畢業於家政專校高級部的，她們有技藝專長，兼負責作業的輔導。她們在監工作，基於以德化人的精神，與受刑人相處。偶而遇到性情惡劣的，都能以忍耐與毅力感化她們。加以公平的累進處遇與假釋制度，鼓勵她們自新。技藝訓練與教化設備，使她們精神有寄托，出獄後有謀生技能。大部分女受刑人都能改過遷善，這確實是民主政體下的一項德政。

女管理員多半為家庭主婦，生活也很清苦。公餘多有以飼養豬雞以助收入的，未婚的沒有家務之累，有的進修學業，有的學刺繡、洋裁、做花以為副業。監內有康樂室，可以調劑她們服務後勞頓的身心。

多年前，臺北女監主任，是一位資深富經驗的優秀女性，她以滿腔熱誠，接下那串沉重的女監之鑰。在當時，女監舍

房與工場無一爿完整的牆壁，女受刑人與被告共三十五名左右。她們的工作是拆除骯髒的破布袋、麻袋。她的第一步工作就是請求修繕舍房，並廢除有礙健康的拆麻袋工作，而易之以竹工與抽棉紗。這位女主任本身對手工藝品的製作極有研究，為了陶冶她們的品德，與培養她們的審美觀念，她親自教她們學習編織、縫紉、刺繡、做花等手工藝。民國五十年後，更與市立圖書館、盲人協會合辦盲人點字抄譯訓練班。

　　她說：自光復初期至四十年間，受刑人百分之七十以上是養女，養女被迫為酒女，品格與健康的崩潰使她們走上犯罪之路。可見日據時代養女制度的遺毒。其後至四十五年之間，以吸食嗎啡犯者為最多。這批女受刑人最難管理，後來更增加了販毒犯、煙毒犯佔總人數百分之八十以上。五十一年以後，因政府嚴禁嗎啡，煙毒犯減少，而違反票據法犯增加。因男人經商失敗，利用母親或妻子濫發空頭支票，使她們作了替罪的羔羊。這些女受刑人在監的行狀，大部分都很善良，都有悔改之意。但出獄後因司法保護工作未能與監內教化工作配合，以及社會人士與家庭對她們的觀感特殊，使她們在精神上，未能過正常人的生活，乃至有重蹈法網的。所以希望婦女工作的先進們，能將工作推廣，深入到監獄與司法保護會。而從事獄政工作的人員，除了充實本身學識以外，健全的人格，與仁慈的愛心，尤為重要。她們集管理教化於一身，是老師也是褓姆，一言一行皆足以影響受刑人的身心，必須取得她們的信任與尊重。且受刑人因教育程度不同，刑期長短不同，家庭環境與習性不同，所以在管理與教

化上必須付出最大的耐心,必須以誠相待。

我認為以婦女溫和的性格,與豐富的同情心,擔任女監工作,最為相宜。在這位女監主任的十餘年任期中,從未發生過任何意外事件。同事們都能通力合作,共同克服困難,以身作則,啟發受刑人的良知與自信心。以她的看法,女受刑人都很有榮譽心。過去為了慶祝司法節展覽會的作業成品,她們常願意自動加班到深夜,她陪她們談談說說,親如家人,氣氛非常和諧,散工時讓她們每人享受一碗熱騰騰的肉絲麵,大家都非常愉快,希望自己的成品能爭取第一名。最難得的是她們對勞軍或愛國捐獻,都很熱烈。家境清苦的,自願把勞作賞與金捐出。至於她們難友間的友愛互助,更不必說。有一次一個受刑人因腹瘤開刀失血過多,好多人都願施血急救。在急難中,她們發揮了高度的德性。可見人性本善,諄諄善誘,自可化莠為良,點鐵成金。家庭與社會,亦因此化戾氣為祥和。由此可見,女主任與女管理員有如醫院的護理長、護士,協助醫師(法官)治療病人(受刑人),安慰病人,使她們病癒出院(監獄),能過正常的家庭社會生活,她們職責之重,與對社會貢獻之大,實非淺鮮。

臺北女監自遷到桃園龜山以後,一切設備益臻完善。對於女受刑人的教化教育設施,可說已達國際水準。她們的舍房分四級,一級的兩人一間,鋼絲牀,一桌二椅,有單獨的衛生設備。她們的作業有刺繡、縫衣、編織等手工藝與盲人點字抄譯。她們的手工藝品以前在司法節展覽中,都為參觀人士搶購一空。

　　有一件特別值得一提的是臺北女監的育幼室。三歲以下的幼兒，不能離開母親，所以特許把他們帶進監來，寄養在托兒室中。讓各個孩子的母親們輪流做褓姆，看顧自己的孩子與難友的孩子。這一項措施，可說是最富於人情味也最能做到感化效果的。因為母子相依，不但使孩子可以享受充分的母愛，母親可免思兒之苦，而且神聖母愛的發揮，尤能使靈魂向上，改過遷善。

　　托兒室裡的孩子們，有吃有玩有人陪伴講故事，一個個長得健康活潑，他們的一聲媽媽，會使做母親的為她們過去的一念之差由衷地懺悔。為了她們的下一代，她們一定會鼓勵自己奔向光明。臺南監獄設有明德學園幼稚部，受刑人子女與員工子女都在一起，我認為當局的如此措施，是為了提高受刑人的自尊心，可見當局對孩子的一視同仁。

　　獄政為刑事政策之一環，如今社會情形日趨複雜，女監中受刑人的人數，似乎不會減少。服務於女監的人數也要增加，更有少年問題亦日益嚴重。少年事件處理法施行後，少年法庭與少年觀護所亦已成立，女性在感化教育方面，可擔任的工作亦將更多。據說日本有一座愛光感化學校，就是由女性主持的。可見女性從事感化教育與獄政工作，實在十二分的恰當。

　　最後說到女律師：依社會觀點而論，律師也和法官一樣，容易被人所知，所以名法官以外，常有名律師被人所稱道的。臺灣在光復以前，沒有女律師，其原因也是由於日據時代，日本政府不許青年學生學法律，女性更不必說。所以光復前

女法官女律師都付闕如。光復以後，才有外省籍女律師來臺登錄，直到五十七八年以後，女律師人數，才逐漸增加。

我曾請教女律師們，她們為什麼要當律師而不當法官，她們說：因為律師是直接為當事人服務的，為人們直接解決問題，比起公務員來，似乎為人服務的機會更多些。一位資深女律師說：在她數十年服務經驗中，精神上最大收穫是為當事人和解成功。因為一位有職業良心的律師，為當事人辯護，並不是投機取巧，只顧自己的報酬，而是為社會伸張正義。為一個被告辯護到由死刑改判無期徒刑，由無期徒刑改判有期徒刑，由十五年改為十年……，不知要付出多大的心血與熱誠。辯護必須依據法律，研究犯罪的心理、動機以及當時的客觀原因等等，為他作有效的辯護。如能使一個冤獄得以平反，使當事人於山窮水盡中得見柳暗花明，不但個人心情上有如釋重負之感，亦見得國家民主法治的精神。

可是，當一個律師為一個作奸犯科的被告辯護時，往往不易獲得社會人士的諒解。以為你只為自己的公費打算，殊不知憲法規定，人民法益要受到合法保障，律師有義務為當事人辯護，即使罪大惡極，也要為他辯護，而且要盡心力而為，必要時還得實地調查，儘量搜集對當事人有利的證據。這分辛苦，豈足與外人道呢？當一件案子，獲得二審公正的判決後，如認為不能再減輕時，最好不要勸當事人再上訴三審，打必然敗訴的官司，以免增加他的訟累。由此可見，做一位具有正義良知的律師，女性發揮的潛能美德，絕對不讓鬚眉。

　　司法界有一句話：「當了法官六親斷絕」，因此當了律師，即使有當法官的好友或同學，也視同陌路，只有在同學會的公開場合上，才得一敘同窗舊誼。這一點，有一位女律師與我有同樣的意見，她認為社會觀感，似有修正的必要，只要有直道而行的品格，形跡的親疏，實在沒有什麼影響。反之，如本身品德有問題，即使偽裝拘泥，又何能取信於人呢？

　　另一位女律師說，當律師說起來是自由職業，其實最不自由，比法官更不自由。因法官開庭時間，尚可由自己事先安排，而律師是身不由己的。法官沒有當事人找，也不許可有當事人找，而律師是把全部時間交給當事人的。她打一個比喻說，律師就如醫師，而且是治癌症的醫師。當事人常盼你能起死回生，每一刻都是緊張的，都有急診病人找上門來，或深更半夜給你打電話。為了解決他們的困難，為他們研究案情，寫訴狀，找資料，時常忙得廢寢忘食。律師沒有休假，沒有星期天，沒有風雨的阻擋。如此的辛苦，唯一的代價，就是當正義得以伸張，當事人冤枉得以平反時，內心的喜悅卻是難以形容的。可見幹任何一種行業，都得具有最大的熱誠，設身處地為當事人著想，為他們分擔沉重的心情。當然業務愈興旺，你愈辛苦，也顯示你愈受人信任和重視。可是這樣的忙碌，往往不是女性所宜。因為女人是家庭主婦、是妻子、是母親，她還有另一分擔子要挑，另一分天職得盡。這一點，也許是女性律師不多的原因之一吧。

琦君小品

琦　君／著

琦君的作品向以溫暖敦厚著稱，這本小品文集，內容包含了她各式各樣的創作形式：清新流暢的散文，記錄了對生活的回憶與雜感；精緻細膩的「小小說」，是作者最鍾愛的短篇作品；情韻兼備的填詞創作，充分展現了她深厚的國學涵養；讀書與寫作經驗談，則可一窺其內斂成熟的寫作技巧。就像品嘗一碟爽口的小菜，帶給您清淡恬雅的心靈享受。

琦君說童年

琦　君／著

每個人都有童年，不管是苦是樂，回憶起來都是甜美的。善於說故事的琦君，與您一起分享她魂牽夢縈的故鄉與童年。書中有她家鄉的人物、生活和風光，也有好聽的神話和歷史故事。篇篇真摯感人，字裡行間充滿了愛心與情義，在欣賞琦君的散文之餘，更別有一番溫馨感受。

紅紗燈

琦　君／著

記憶中一盞古樸的紅紗燈，那是紮紮實實的希望暖光，綿綿溫暖之中的淡淡苦澀有著鄉愁氤氳。年光流逝，歲月不再重來，但過往值得細細回味，那些故人舊事、歡樂哀傷，都被琦君的有情之筆轉化為溫馨的文字，成為最暖心的回憶。邀請您一同踏入琦君的世界。

兩　地

林海音／著

本書為林海音最早期，也是最重要的作品之一，寫她自小成長的心靈故鄉北平(北京)和實質故鄉臺灣——這是她一生最喜歡的兩個地方。早年住在北平時，她常常遙想海島故鄉的人和事，戰後回到臺灣，又懷念北平的一切。北平栽培了林海音，臺灣則成就了林海音。她以一枝充滿感情的筆，寫下了她生命中的「兩地」。

三民網路書店 會員

獨享好康大放送

書種最齊全
服務最迅速

超過百萬種繁、簡體書、原文書5折起

通關密碼：A5617

憑通關密碼

登入就送100元e-coupon。
(使用方式請參閱三民網路書店之公告)

生日快樂

生日當月送購書禮金200元。
(使用方式請參閱三民網路書店之公告)

好康多多

購書享3%～5%紅利積點。
消費滿350元超商取書免運費。
電子報通知優惠及新書訊息。

三民網路書店 www.sanmin.com.tw

國家圖書館出版品預行編目資料

讀書與生活／琦君著.——三版一刷.——臺北市：三
民，2021
面；　公分.——（品味經典/美）

ISBN 978-957-14-7151-8　（平裝）

863.55　　　　　　　　　　　110001482

讀書與生活

作　　者	琦　君
發 行 人	劉振強
出 版 者	三民書局股份有限公司
地　　址	臺北市復興北路 386 號 (復北門市) 臺北市重慶南路一段 61 號 (重南門市)
電　　話	(02)25006600
網　　址	三民網路書店 https://www.sanmin.com.tw
出版日期	初版一刷 1978 年 1 月 二版三刷 2010 年 1 月 三版一刷 2021 年 3 月
書籍編號	S850200
I S B N	978-957-14-7151-8

著作權所有，侵害必究
※ 本書如有缺頁、破損或裝訂錯誤，請寄回敝局更換。

三民書局